# 夜雨敲窗

——袁久勝散文集

袁久勝 · 著

認識大陸作家系列

# 目次

**第一輯　生活空間**

009　和一個城市有關的記憶

013　一杯水及其它

016　內心的日記

019　父親是種責任

021　同事行狀

024　老師們

027　作為時空的人質

031　我的藝術牆

034　夜宴

037　雨天

040　早春

042　好個秋

045　一座城市的幾個關鍵詞

048　極限麻將

052　世俗的週末

055　下鄉後的海市蜃樓

058　朋友

061　內臟的命運

063　游泳

066　那支鋼筆

069　不一樣的童年

072　俄羅斯方塊

075　默讀「竹海」

078　遙想古道


第二輯　門外亂彈

085　關於公文

088　不想聚會

091　緬懷書寫時代

094　看音樂

096　那些文字，那些人

098　莫笑它無知無覺

101　你來幹

104　逡巡在地圖前

106　千方百計及其它

108　略說名人名言

111　難寫的應用文

113　你會這樣說話嗎

116　桌面雖小

119　又見李陽

121　阿Ｐ「房事」給我的啟示

124　人生中的歸零

127　　我自陶然君莫笑

129　　澄澈的人生

132　　名字是一種祈禱

135　　沒有鄰居的年代

138　　且行且書

140　　聊天


第三輯　思想絮語

145　　冷漠中的自由

147　　陽光不鏽

149　　煙及其它

151　　孤芳難自賞

153　　其實還是在說愛情

156　　封殺幾時休

158　　黃色的王小波

160　　得之與不得之間

163　　一碗雞湯

167　　陽光下的百丈湖

170　　人性的暗

173　　母雞也這樣說過

176　　信與不信

178　　且看朝聖之旅的心之躍動

181　　冬天裏說幸福指數

184　　他們都挺能說的

## 第四輯　讀看時光

189　這些奇妙的詩句

192　守望：接近自由的方式

196　邊疆，一次心靈的遠足

200　一個人的調劑品

　　　——讀《文化@私生活》

203　給硬讀一些空間

205　屬於冬天的《雪國》

209　那隻飄飛的風箏

211　幾部電影

214　一粒思想的鹽

　　　——讀程寶林《洗白》箚記

221　一個人的成長史

　　　——讀程寶林《故土蒼茫》箚記


229　寫在後面

第一輯　生活空間

# 和一個城市有關的記憶

　　2002年的夏天來得特別早，特別的熱。我正是在那個炎熱的夏季帶著簡單的行李和昨夜的醉意步入了雨城雅安，離開了我生活了二十多年的寧靜小縣城。一切都是那樣突然，之前經過筆試和折磨人的面試後，我知道這家我知之甚少的單位總算是接納了我。我長噓了一口氣，我還能記起那天明朗的天空和計程車司機難得一見的笑臉。

　　雅安是一個以「雅雨、雅魚、雅女」著稱的城市。單位在健康路已代我們租了一套建於九十年代初的房子，我們「同榜」的Y和H及我就一起住了進去，過上了三個「同居」的生活並開始新的工作。上班要經過蒼坪路菜市場，引車鬻漿者、討價還價聲，充滿了市井的喧囂，充滿了世俗生活的氣息。在我看來那是一個光鮮城市的陰暗角落，偶爾我會被那些不知道從什麼地方鑽出來的撿垃圾的老人嚇一跳。同時，這也是一條背街，感覺中這條街經常都在辦喪事，這使得我們三個人不得不經常在清晨穿過兩邊密佈的花圈，在哀樂聲中走向我們乘車的目的地。穿過文化路，在市中醫院門口停住，我們面無表情地啃著手中的饅頭喝著劣質的豆漿。面對中橋南來北往的上班一族，H感歎「三雅」之一的「雅女」的流失如同雅中的學生流失一樣厲害。之後便看到1路車如約而至，還有那個愛發牢騷的司機。在把人可以擠得成照片的公車上，汗味、脂粉味綜合的氣息讓我內心一片荒蕪，其

實那是我對新的工作隱隱的恐懼。我記起了那年隨父親到重慶時路上遇到的一個老者，他對我們說：「雅安真的是一個美麗的城市啊，我在那兒上過衛校，雅安真美啊！」他那慢悠悠的聲音裏夾雜了幾許的憂傷與甜蜜的回憶。

　　下班回到租賃的小屋，隔壁的那家男人正在責罵孩子作業沒有按時完成，然後就是孩子很無辜的辯解。那個孩子是過去的我嗎？有點眩暈的感覺，我短暫地不知道身在何方。我們坐下來看Y帶來的電視，這也是房子裏最值錢的一樣東西了。打開時經常是「雪花」牌電視，Y不厭其煩地把天線拉來扭去的，然後在它的後背上猛拍幾下，圖像才陡然清晰起來。其實大家都沒有興趣看電視，只不過是想讓聲音充溢這屋子不至於讓它太冷清。很快這種寂寞就被打破了：Y是一個業餘歌唱家，據稱差些考上了音樂學院，對此我深信不疑，我經常可以聽到《我的太陽》這樣高雅得不得了的曲子。H是一個對未來特別有信心的人，偶爾也抱怨現在的單位不如以前單位的待遇好，特別懷念他從前「醉生夢死」的生活。他特地從成都買回了新電腦，每天都聽到了遊戲聲音和電影對白聲音，那時我還沒有上網的經歷，對電腦遊戲和上網持本能的排斥態度，不過對遊戲的樂曲聲感到滿意。那個稱我們「在公家上班」的大媽上門收水費，她和老公是靠做水果生意發家的，一個女兒大學畢業後到沿海去發展了。她對鄰里的事情很熱心，對我們也格外熱情。收水費後，問我們一個月掙多少錢，得到確切的回答後，她略略有些同情地說：「那麼少啊，那你們還上什麼班呢？」那個時候，還很有些職業自豪感的我很想對這個大媽說，你知道不，一個人的階層歸屬是由他的收入方式而不是由收入結果決定的。但是一想她又沒有看過《格調》這本

書，說了也白說。想當初還是意氣風發的我們淪落到被一個賣水果的大媽也要同情一下，我們幾個都顯得有些黯然神傷。

相比起來，更煩人的是小偷了，半夜雨聲，經常聽到窗外「悉悉窣窣」的，有一次竟然把綁著鐵鉤鉤的棍棍都伸進來了，準備把衣褲勾出去。還是 Y 急中生智：「快拿一瓶開水來從窗口倒下去」。只是想嚇那廝一下，那廝一聽，「撲哃」一下從三樓直接就跌下去跑了，從此沒有來騷擾過了。不過，我們還顯得有些意猶未盡，它給我們平靜的生活增加了些心跳的感覺。一種日常生活的行為藝術就這樣恰到好處地結束。

為了節約買雜誌報紙的錢，我經常像一個學生一樣埋頭遊走於幾個郵亭。我採取了站讀的辦法，為了不遭受郵亭小妹妹和中年發福婦女的白眼，我要在二十分鐘內將我喜歡的《南方週末》、《隨筆》等報刊雜誌的標題和主要內容三下五除二地看完，那是一種訓練泛讀的最好辦法。那些時候，詩歌成了我擺脫空虛的最好方式，我可以在精神的層面構築起我的「面朝大海、春暖花開」的小屋。詩，幫我擺脫空虛，卻讓我陷入了更大的空虛裏。

之外，我喜歡和遭遇相仿的 Y 痛說革命家史，他曾經在一個偏僻的鄉下當過獸醫，一個聰明非凡的人，對生活總是有著他獨特的見解，我們毫無顧忌地大罵我們所痛恨的人和事。那時我們對什麼都激情四溢，但從來都是「始亂終棄」。我們一樣地投入了大量時間學習英語，並希望在新康路逢著一個外國人與他搭訕；一樣地買來了筆墨紙硯臨摹《蘭亭序》和能得到的所有古代名帖；一樣地聆聽世界名曲和流行歌曲，並鬼哭狼嚎般發洩過剩的精力……最終這些都被我們束之高閣、拋於腦後。冬天的晚上

我們三個各自蟄伏於小床，我是在那些日子看完了王躍文的官場小說《國畫》，努力地看各級領導的講話直到有發嘔的感覺為止；Y繼續在田震憂傷的歌聲中看書準備著他的司法考試；年輕的H在床上看董橋：倫敦的冬天真冷啊，冷得讓我差點結了婚。不久，H真的就結婚了。夏天，在河邊，建於五十年代初的老大橋像它的設計者蘇聯人一樣顯得還是那樣拽實，也只有夏天的雅安才是最美麗的。Y和我愛在劉文輝書寫的「帶礪河山」前故作深沉狀，然而這幾個字經常被他念成「山河礪帶」。落日的餘輝灑滿了對面的「雨都飯店」。作為慾望的主體器官，它是這個城市的標誌性建築，我彷彿聞到了果酒發酵的氣息。

　　寫到這兒有點累了，我到底回憶起了什麼呢？記起了那場罕見的暴雨和泥石流？還有我在火鍋店醉酒後回到住處衛生間不止的嘔吐？還有我的苦苦掙扎……在這個城市中到底想要獲取什麼呢？我知道昂貴的商品房我是暫時買不起的，但它教會了我怎麼樣過一種蝸居的簡單的生活，上班幹活掙錢養家糊口，下班回家陪妻小。「偶有文章娛小我」，我感到了前所未有的內心的充實。

# 一杯水及其它

飲中行家說茶是「禪」，我是俗人，離「禪」很遠。黃昏降臨了，我會洗淨一個玻璃杯子，滿滿地倒上一杯白開水慢慢啜飲，據說黃昏時分是人最容易情緒化的時候，也是最容易觸目傷懷的時候。特別是像我這個在城市邊緣一隅賃屋而居的人來說，忙亂一天後這樣度過黃昏也是一件不錯的事情。這只不過是一杯純粹的白開水，透明、簡單，正合此刻的心境，關鍵是或許能培育我的一些想像力，韓寒不就是看到了紙在杯水中伸展開想到了人性嗎。其實這個時候我的確需要一杯水澄清我一些嘈雜的思想和念頭。我的杯子很小，但我會用我自己的杯子喝盡這杯白開水，思緒會隨著這杯水慢慢浸染開去。

看著這杯水，我真是這樣想的，水一定是有靈性的，它一定是懂得世間的這些喜怒哀樂。我曾經看到過一個有趣的說法：對著一杯水結成的冰晶播放貝多芬和孟德爾松的優美的曲子時，冰晶結構美觀有序，對著冰晶播放一些嘈雜的噪音，冰晶結構呈現無序雜亂。它也許真的能聽得懂美妙的音樂。最美好的詩文如「水調歌頭」、「小石潭記」，無不以水寄興；最美好的樂曲如「高山流水」、「春江花月夜」，無不以水抒情；最美好的書畫如「蘭亭序」、「清明上河圖」，無不因水而暢意。

由這杯水我想到了美國偉大的作家梭羅，他就是一個具有白開水品質的作家，他在瓦爾登湖畔築屋而居，過著一種簡樸的生

活，在《瓦爾登湖》中他這樣寫道：多餘的錢，只能購買多餘的物質，真正生活所需是不需要多餘錢的。這種純淨偉大的情懷產生了純淨的文字。水已經喝了一半，我想起一個寓言中講的，同時面對半杯水，悲觀主義者說：只有半杯水了；樂觀主義者說：真好，還有半杯水。半杯水竟然可以載負著這兩種截然不同的心緒、欲念、人生的經驗，但願生活中的我，會經常對自己說：真好，我還有空閒時間喝這杯水。一杯水與一杯酒何其相似，但它們有著本質的區別。我寧願手中是一杯白開水而不是一杯酒。古希臘神話中酒神迪奧尼索斯持杖擊打岩石，流出美酒；《左傳》中記載〈酒以成禮〉，無酒不成席，古今中外對酒的讚美多如牛毛。但幾次醉酒的經歷讓我想起來都有些後怕，喝多喝少是能力問題，喝與不喝是態度問題，喝酒有時候簡直成了一種表態，一種虛偽的做作，遠不如手捧一杯白開水來得自然，來得愜意。水沒有酒的熱烈，沒有酒的奔放，但也體現著堅韌、豪邁與力量，水是柔弱的，但經年累月的流水，可以穿透最堅硬的頑石；水是輕軟的，可也能夠一瀉千里，無堅不摧。它不媚世流俗，水謙遜無私，處高就低。兩千多年前，大哲人老子深感於道德淪喪、民風不古，發出了「上善若水」的一聲吶喊！人世間的道德風尚的最高準則，就像那「善利萬物而不爭」的水所象徵的境界。

手中的這杯水慢慢變冷了，這杯中的水居然和愛情有關。「你知不知道，思念一個人的滋味，就像喝了一杯冰冷的水，然後用很長很長的時間，一顆一顆流成熱淚。」與我同屋而居的同事在失戀的這些日子裏最愛唱的就是這首歌，那天這個身上有著土家族血統的熱血男兒流下了兩行熱淚。淚水是一種帶感情的水，愛回歸到了水。由於世事的乖戾、機緣的作弄，我們每個人

面對感情的時候或多或少都會受到一些傷害，許多時候我們只有把無奈與失去看成是生命的底色，其他所有的壯觀與美麗只能在這上面鋪展。他說他感激那段如水的感情，對每個人來說，他人永遠是水，自己才是一條魚，可以游任於其中，卻永遠不能夠溶解於水。印度密教經典中有這樣的說法：深沉而熾烈的愛，也許你會受傷害，但這是完美人生的唯一方式。一絲半縷的寂寞會如期湧上心頭，唯願愛像涓水長流，永不停息，歲月淡不去，陰陽隔不了，始終如一。

　　人需要載負的東西真是太多了，有時候自己會變得脆弱不堪，這個時候最需要的是一種寄託，以託付這種沉重，把沉重轉化為一種輕盈。它可以是一抹夕陽、一曲短歌、一本書，一幅畫，甚至是我手中的這杯白開水，讓我在這個落寞的黃昏多了一份蘊藉，多了一份雋永。也許有點矯情，但它引發了我的一些思忖，這種簡約之境讓內心平靜，從而達到心靈的自由。巴士加爾認為：「一個人越是有思想，越是能夠發現人群中卓爾不凡的情調，一般人是分不出人與人的這種差異的。」這種差異決定了我們的幸福的深度和生命的品質。我手中這杯水難道真的僅僅就是一杯平淡無奇的白開水嗎？

# 內心的日記

　　平時很少看電視連續劇，因為不少胡編濫造的電視連續劇著實是倒了人的胃口。不必說對白的乏善可陳，更不必說情節的虛假雷同，單是演員的做作就讓人夠受了。但是陳道明卻是一位在我看來極其優秀的演員，他主演的電視劇對我頗具誘惑力，電視劇《冬至》給我留下最深刻印象是：陳道明演的銀行小職員陳一平每天在忙完了工作和家務事後，就在蕭邦或者莫札特樂曲聲中慢慢靜下來，伏案以簡短的文字寫日記，他以這種方式走進了自己的內心世界，他在音樂聲中寫日記的這個情節給我以震撼。

　　一個人的扭曲最早就是從內心的扭曲開始的，而日記可以成為這種過程的見證。佛洛伊德說，一個人對他成年時期的事件有意識的記憶，完全可以類比於當時事件的編年史。然而我卻沒有這樣的編年史，我沒有外在形式的日記，我更願意將日記寫在內心。

　　自從參加工作後就沒有寫日記的習慣了，因為我覺得日記不外乎就是些毫無意義的流水賬，客觀地說，它雖然也能夠記載下一些生命流逝過程中的痕跡，但最終會讓我感覺到生活的無奈。今天重複著昨天的故事，有必要再記下那些轉瞬即忘的事情嗎？小學開始學寫日記時就熟讀了《王傑日記》、《雷鋒日記》，現在看來與其說那是日記，不如說是他們的學習心得和思想體會。魯迅的日記更像日記，我總是試圖從魯迅的日記去窺見他的內心

世界，而不是通過他的作品，他自己說他的作品較暗。但試圖從日記入手來窺視這位偉大作家內心世界的結果，多少讓我有些失望了——他的日記太短了，幾乎看不出什麼特別。如1932年1月7日的日記：「雲，冷。無事。」他多次說他不太看重時光，有時還把它當作兒戲，所做的事情多半只是為了自己玩玩。他早在日記中洞穿了人生的真實。我固執地這樣認為，人只是在時光隧道中作一次或長或短的旅行，心靈的體驗勝於文字與圖像的記錄，所以，很久以來寫日記的習慣與我無緣了。

寫日記的人真是勇者，他敢於面對時間。時間是一隻看不見的手，在操縱著我們，往往在面對日記本的時候，提筆回顧一天生活的時候，才領悟到時間的殘酷。「逝者如斯夫，不捨晝夜」，日記更容易讓我們感受到時間流逝的無可挽回。我寧願相信太陽每天是新的，對我這樣一個過著以格式化寫作為生的人，更多的是平淡無奇無關痛癢的生活，所以我不願像一頭靜默的牛一樣反芻自己的時間和記憶。面對日記本的時候，最容易深刻領會到日子又消亡了一天，生命又被時間蠶食了一點。

寫日記的人真的是勇者，他敢於面對自己。日記是寫給自己看的，真實是日記的第一要義，但是面對日記本，我想，除了流水賬，我真的還能夠寫下自己的猥瑣卑微嗎？除了偽浪漫，我真的還能夠寫下自己的薄情寡義嗎？除了誠懇敦厚，我真的還能夠寫下自己的平庸窩囊嗎？除了虔誠執著，我真的還能夠寫下自己的內心之腥嗎？就像那些忙於在旅遊風景區搔首弄姿留影作紀念的人，卻錯過了體驗自然美景。一句話，我也像大多數人一樣，無法直面自己，無法真正剖析自己。

　　不過，我還是為自己找到了不寫日記的藉口了：人生中需要記住的事情本來就不算多，而且這些事情是必須銘記在內心的。它應該是從那些無以計數的諸如「雲，冷。無事。」這樣的生活片斷中磨礪出來的逼近生活真相的東西，而絕不僅僅只是一種懷舊情緒，它就是我的內心日記。

# 父親是種責任

魯迅先生曾經寫過關於如何做父親的雜文，我也只是晃過幾眼，很有點不以為然。當時只是記得他說的：孩子如果沒有天分，也不必強求做個空頭的文學家、美術家，對這一點我倒是頗為讚賞的。在我上中學時，有個剛從大學畢業教我們中國歷史的老師不無感慨地說：如果他早一點讀到《傅雷家書》的話，也許他現在的生活就是另外一種樣子了。當然，他的意思是如果讀了傅雷的家書，他各方面的情況要比現在好得多了。在他的慫恿下，我也把傅雷家書找來讀了一下，不過感覺跟老師的感受不一樣，我竟然這樣對他說：我幸好沒有成為傅雷的兒子。在我看來，那種事無巨細對子女嚴格要求，一方面看來是好事，但也覺得這樣過於煩人。傅雷甚至對他兒子傅聰寫信時的一個詞語、書法的小錯誤和小缺陷也要喋喋不休一陣。

轉眼間，我做父親快十年了，小女兒的出生讓我真正明白做父親首先是一種責任。記得曾經到到幼稚園參加家長會時，學校與一公司聯合搞了現場英語教學課，目的是動員家長讓孩子參加英語培訓班，在這個問題上，我拒絕讓我女兒參加英語教學班。我只堅持讓女兒學習繪畫、學習一樣樂器，目的不一定要參加什麼過級考試，關鍵是以後會一樣樂器，能給她的生活帶來無窮的樂趣。我覺得兒童的第一任務就是玩耍，兒童不會玩耍正如成人

不會工作一樣。我現在要讓女兒玩得高興，我不應該泯滅她童心、愛玩的天性。

我經常這樣想：孩子不僅僅是我的，她也是社會的。能不能當一個天才是其次的事，首先她要是一個「人」。同理，我不僅僅是在為我培養一個女兒，也是在為社會培養一個人，在投入與產出上算，首先是要讓她回報社會。雖然這話說得有點冠冕堂皇的，但是我內心就是這樣想的。在對子女的教育中，更為重要的是要對女子灌輸一些「人性」方面的東西。現在學生的知識面不可謂不全面，什麼電腦、外語、網路等都熟練，但是對人、對「人性」的瞭解真的是太少太少了。在「競爭」的幌子下可以做出許多傷天害理的事情。我想，我不會把我未實現的夢想強加給女兒，讓她去延續我的夢想。她應該有她們這代人的生活和夢想。

怎麼樣做父親，這是一個很宏大的問題。看著熟睡的女兒，想著這個問題，竟然悲從中來。我真的會做父親嗎？我能做一個稱職的父親嗎？我希望她成為一個平庸快樂如我輩者，還是希望她做一個熱愛生活，有自己思想和生活使命感的人，還是以梁漱溟先生說的「教育應當是著眼一個人的全部生活，而領著他走人生大路，於身體的活潑、心理樸實為至要」作為父親教育的方針，真正這樣做到了，真正把女兒當成自己的朋友，也許就是盡到了一個父親的責任吧。

# 同事行狀

　　和一群智商比自己高的人一起工作是件有意思的事。朝夕相處幾載，同處一室共事，這些同事就像是一面面鏡子，他們的喜怒哀樂，時常牽引著我的喜怒哀樂；他們的冰雪之聰、他們營造的向學氛圍，時常讓我不敢停留行進的腳步。在人生的旅途中，我有幸成為他們的同行者，有幸發現他們種種可愛之處。現對他們之種種行狀，略述一二，以表我內心深深的敬意。

　　還是先從坐在我身邊的阿輝說起吧。他畢業於某財經大學，「沉沒成本」、「增量成本」、「性價比」這些名詞術語我最早就是從他那裏聽來的，不過，他好像最喜歡把這些經濟學術語轉化到戀愛經濟學中去。認識他，可以追溯到四年前一個夏日炎炎的午後，一個眉清目秀的小夥子幽靈般地晃進了辦公室，他看著我，自言自語地說道：咋個人都沒有呢？氣得我當時就想把他摔起來從樓上扔下去。後來不幸被安排與他坐在一起，為了與他的經濟術語對接，我抽空苦讀曼昆的《經濟學原理》，一年後終有所得，勉強可以知道他像魚兒吐水泡一樣隨口吐出的那些經濟學術語。他平時不喜歡看書，弄得我不知道為什麼他幾乎不看書卻還知道那麼多，最後才發現，網上學習是他主要的學習方式。

　　他經常在網上發帖為住房的事情發牢騷，文字表達乾淨利索，擅長以資料來分析說明問題。網上的他像一個痞子，什麼都敢調侃，他給那些道貌岸然的人製造了一些尷尬；網上的他像一

個傳救教士，有一種「替天行道」的意味在裏面，知其不可為而為之，彌漫著一種宗教精神的執著。他是我們公認的「憤青」，憤怒卻真誠。在短時間內，他那種散漫於形體上的嬉皮與滿不在乎，是很難讓人接受的，但最終大多數人還是會被他眼裏一閃而過的聰慧擊破。現在他已經初步完成了一個「憤青」到「公共小知識份子」的轉化過程。

同處一室中唯一的女同事阿飛，她在二十多歲時就已經步入正科級行列，現在又是我們的年輕領導者。她算是個比較情緒化的人，她的喜怒哀樂都全部寫在臉上。時而言詞犀利、時而刻薄；時而嚴謹細緻、時而一派天真，讓人覺得她像是一個難以捉摸的精靈。文字於她來說，真的就像彌漫在她周圍的空氣一樣，好像隨時隨地供她信手拈來一樣的。在那些加班寫公文稿子的寂靜夜晚，她留給我的背影絕不是那種婀娜的、狐媚的，而是剛強、堅毅的。無論是白天還是晚上，她都可以在相當長的時間內像一台動力十足的發電機，長時間一動不動地坐在電腦面前「辟裏啪拉」地敲擊著黑色的鍵盤，那鍵盤聲裏傳遞出一種堅定而自信的東西，讓旁人聞之後頓感壓力。每當聽到這種鍵盤的擊打聲，「敢將十指誇針巧，不把雙眉鬥畫長」的詩句就自然而然地出現在我的腦海中，並讓我也不得不一行一行地打字，然後不滿意地一行一行地刪去，然後再一行一行地打字，並樂此不疲以至忘記時間的流逝。然而她並沒有被公文淹沒，在寫公文的同時，時不時要冒出一些《詩經》中的句子，讓後排的阿輝大叫「狂暈」。

坐在正前方的是阿國，他說自己是一個徹頭徹尾的悲觀主義者。他經常說，他的時間只有兩種，一種是寫公文稿子，另一

種是為寫公文稿子焦慮。我們都不同程度地患上了焦慮症，在分管領導的咆哮聲和催稿聲中，我們都愛不斷地喝水，想用水來沖淡這種深藏在我們內心深處揮之不去的焦慮。不過，他還是能顯示出臨事不亂的大將風度，不管分管領導是如何催逼，他還是面不改色心要跳地看完股市行情，才開始著手進行工作。他是工作效率最高的人，往往在我們意想不到的時間就可以交出漂亮的活兒，讓人除了羨慕還是羨慕。「生命只是一個過程，可悲的是它不可以重來，可喜的是它不需要重來」。這個大學專業是學習生命科學的高材生，有一天竟然對著我們發出了這樣的感歎，我們聽到他說這句話時都如被電擊打了一樣，一時都陷入了深深的沉思中。也許悲觀主義者與樂觀主義者從來就沒有什麼界限的。

不可避免地要說到最後進來的同事阿清了。他是同事中學歷最高者，在一所全國知名高校潛心研究了三年的晚清實學。英氣逼人，不過，我這樣恭維他時，經常被他聽成「陰氣逼人」而拒絕這樣的恭維，弄得我哭笑不得，只好自認為普通話還不過關。他可以說是滿腹經綸，善講笑話，自己絕對不笑。他說有一次賈平凹到機場，途中汽車熄火，師傅弄了半天也沒有弄好，賈下車對著汽車說好話若干，車才重新啟動，說得有板有眼，就好像當時他在旁邊一樣。我們笑成一團的時候，他得出了結論：人不僅僅要與自然和諧相處，還要與汽車和諧相處。什麼時候，他都忘記不了總結出一個結論來，讓我明白了什麼是「書生味十足」。

他們身上類似的氣質：孤傲、不甚合群，喜歡學習，喜歡隨意的生活，在有些事情上有些怯懦。坐在辦公室，清風拂面，看著這些人。我經常會從心底深處說：我愛你們。有了他們，很多無奈的日子、難捱的日子也慢慢顯得充實起來，美好起來。

# 老師們

有時候回望自己的中學生活，很慶幸自己遇到了一些比較有意思的老師，他們像一抹亮色讓我的青春歲月有了些許的活力。寫《我的老師》幾乎是每個學生都幹過的傻事，但大凡學生筆下的老師要麼是不食人間煙火的神仙，要麼就總是帶病堅持上課的老師。前些日子翻看豐子愷寫他的老師李叔同，感覺是我看過寫老師的文章寫得最好的。當然我也想起了我中學時期的老師們，他們大多都經歷過「文革」風雨的洗禮，當時可能還噩夢縈懷。其實這些老師教給了我什麼知識，真的不太記得住，有時候能記住的只是他們的隻言片語，有些彷彿現在還在受用的隻言片語。

L老師是教初中數學的，當時五十多歲了，頭髮花白，很有點儒雅的味道，但其實極為嚴厲。上課總是提前就到教室了，一根接一根地抽劣質煙，煙從他嘴裏吐出，旋即又被他吸進鼻孔。上幾何課時，他最愛說的話就是「皮之不存，毛將焉附」，我那時不知道有這麼個成語，加之他又是個外地人，經常聽成他說「皮之不成，毛焦煙糊」，心想難道他在家裏經常幹活，用火鉗去豬皮上的毛啊。老是搞不懂他為什麼這樣說，不久終於搞懂了這個成語的意思，我現在喜歡成語就是那個時候落下的毛病，覺得成語是如此的好玩，如此的言簡意賅。

有一次他拉肚子，正在他講得歡的時候，肚子又鬧起來了，他控制不了，隨手從沾滿了粉筆灰的備課本上扯了兩頁紙說，你

們等我一下哈，然後飛身就衝出教室，在雨中一路狂奔，我們全班目送著他平安抵達廁所。當時，教室裏鴉雀無聲，沒有一個人敢笑。這一幕簡直讓人難以忘記。好多年後，每當我想裝深沉、玩高雅時，我就會想起L老師，我就會不裝深沉，也不玩高雅了。我知道我們每個人都很俗，我們都要吃喝拉撒，包括像L老師這樣嚴厲的老師們。

　　H老師是德高望重的英語老師，直到八十多歲，她還堅持上課。她教我們的時候，也是七十多歲的高齡了。印象比較深的是兩個事情，其一，她抽我回答問題，我說應該選A，但是她耳背，連續讓我說了兩次，然後她有些不滿地說我選擇錯了，她說這道題的答案應該選A，全班都笑了，她卻渾然不覺，只顧自己在那兒講選A之必要性與必然性及唯一性，我也只好採取「不解釋、不說明、不傷悲」的三不原則來應對當時的複雜局面，其實那次我覺得有時候被人誤解一下其實也是比較幸福的事情，當然被大多數人誤解的話就肯定是不好玩的事情了。

　　其二，讓我不解的是，她當時是學校的一個模範人物，是一個德高望重的人，但平時卻又顯錙銖必較，甚至還教育我們說，人就是要自私些。當時簡直搞不懂她為什麼這樣說，她可是道德的楷模啊。多年後才發現，她也許是正確的。我們怕那些自私的人，但更怕那些貌似不自私的人。其實在我看來，她的教法可能不如剛出校門的那些楞頭青教師的教法好，有時候過於刻板，但她的認真也是可怕的。她死後的葬禮十分隆重，縣上的主要領導都到了場，備極哀榮。

　　語文老師W，是老「川大」文學院畢業的極具才華的老師，她飽讀詩書，識盡人間的炎涼，當時在學校屬於「學術權威」。

她不滿足於只給我們講課文，還給我們講竹林七賢、講性靈派詩人、講帕斯捷爾納克、講華茲華斯、甚至講莎士比亞的十四行詩，聽得我們一臉的木然，不過也引發了我們對這些人物的濃厚興趣。當時，我也經常找些莫名其妙的問題故意刁難她，可能也是讓她煩之又煩。幾年後，在外地讀書的我竟然收到了她寄給我的明信片，說希望那些美好的日子永遠留駐在我們心中。簡直是讓我有些受寵若驚。當時問她，為什麼高爾基的《海燕》中寫海燕像一道黑色的閃電，閃電明明不是黑色的嘛？為什麼說《竇娥冤》中竇娥是善良的呢，她明明發誓說自己死後將血濺白練、六月飛雪的嘛，還什麼大旱三年，還讓老百姓活不活嘛。總之，是故意找些亂七八糟的問題來難這個「學術權威」。

難忘的是有一回，她給我們上課時念蘇曉康的報告文學《神聖憂思錄》時竟然放聲大哭，弄得我們不知所措，當時還沒有流行「性情中人」這個詞，其實現在才知道她這樣的人就是「性情中人」。她剛退休，有段時間也趕時髦下海，也在那幾年，她顯得疲憊而蒼老。她對我說，下海的結局就是她欠了別人很多錢，別人也欠了她很多錢，她說，其實自己不是做生意的料。現在我們既是師生關係，也成了「忘年交」。

還好，在那些灰色的日子裏，遇到了這些還算是比較有意思的人。願逝去的老師安息，願活著的老師幸福。有時候真的很很懷念、很想念這些老師們。

# 作為時空的人質

　　濃睡不消殘酒。早上起來還感覺有些暈乎乎的，夢境依然有些可怕。夏天的早上總是美好的，給人的記憶也是深刻而長久的，最關鍵的是我可以洗一個熱水澡。洗澡時竟然高唱起了樣板戲中楊子榮的唱段：「今日痛飲慶功酒，壯志未酬誓不休。來日方長顯身手，甘灑熱血寫春秋。」忽然想起前兩天看的電視劇《黑白之道》，劇中那個公安局長剛到縣上工作，地方上的一個地頭蛇過來敬他酒，公安局長說：我不喝酒，也從來沒有人敬下過我的酒。那個地頭蛇說：唉！我在這個地方敬的酒，可是從來沒有人不喝的。結果，公安局長占了上風。但地頭蛇又一次宴請省委副書記，並示意邀請公安局長作陪，在飯桌上，公安局長竟然也沒有喝下省委副書記敬他的酒，並扔下一句，等我破了案你再敬我吧。電視劇就是電視劇，的確是高於生活的。現實生活中會有這樣的情景嗎？姑且就當成是電視劇吧，本來也是電視劇。夏天的早上，一般都是這樣美好的。

　　到了單位，和同事Ｄ合計了一下工作上的一個事情，然後分頭行動。其實我上個月就想休假了，因為有一些事情還沒有完成，只有再推遲一下。不過，想起去年休假時遇到的種種不快，我竟然有些害怕休假一樣的。真可謂是「一朝被蛇咬，十年怕井繩」，一些生活的陰影，可能還得要靠時間去沖刷，也許只能如此而已了。但人生不就是種種的經歷嗎？也許也包括了這些陰影

吧，只是這些陰影不要太多就行了。邊工作邊和同事聊起近日國內的一些匪夷所思的事情。特別是甕安縣發生的一切，上海閘北公安局發生的一切，對員警這個特殊的人群也覺得看不清楚他們真實的面目了。我想起了北川縣那個公安局副局長，看到同是員警的兒子死去時，只是用礦泉水給兒子洗乾淨了臉又投身於救災中。而甕安縣的員警的表現卻讓人失望。於是，我對人性這個詞再次深深嘆惜。我這樣設想，假如甕安縣的員警是遇到地震了，北川縣的員警遇到的是甕安縣的事件，結果會不會逆轉？唉！這人性啊，這深不見底的海，這進化最慢的東西。

下午三點開慶七一會議。會上，我意外得知自己竟然被單位評為抗震救災中的優秀黨員，實在慚愧，實在慚愧，因為真的是有愧於這樣的稱號。我只是做了些本職工作要求的事情，不外乎，晚上多值了一些夜班，多加了一些班罷了。但比起很多人來說，他們才是真正的先進。其實更多的英雄反而是沒有被表彰的。我還以為獎狀裏放有獎金，結果找了半天也沒有發現。會上，單位領導對近期的工作作了小結，也提出了一些更高的要求。領導這次講話跟以往不同，總的感覺就是溫而厲。溫和的語氣中透出一些殺伐之氣，讓人不寒而慄。我開會喜歡幹的一件事情，就是給臺上的領導畫速寫，力爭幾筆就勾出領導的神態，有時候也讓旁邊的同事忍俊不禁，邊笑邊罵，你小子太壞了。這個時候，我往往會生出隱隱的遺憾：中國痛失一名優秀的畫家啊，卻無故多出了一個小公務員。如果當年我選擇了學習繪畫，不知道今天的生活又是何等情景，不過人生也是容不得這種假設的。畫家夢是我一個難圓的夢了，不過，有遺憾的人生才是豐富的人生。

　　會後，總支搞活動，跑到陸家壩開展了一陣體育運動。好久沒有這樣運動過了，我打了一下籃球和乒乓球，感覺真的很爽，流了很多汗，感覺起到了排毒的作用。微風吹來，身爽心怡。休息片刻，感覺人生是如此之美好、人生是如此之單純。運動的魅力就在於讓我們真實感到自己的存在。嗯，以後有時間還應該多參加一下體育活動，還要爭取多為革命做出更大的貢獻的嘛。主要是現在的鍛煉時間和場地的問題有些不好解決。體育運動也成了一項奢侈的活動了。

　　晚上在魚莊吃魚。想來也殘酷，那一條條活蹦亂跳的魚，竟然葬身我等饕餮之徒腹中。「實其腹，虛其心」。這也是我最近學習《老子》的收穫哈，多吃一些東西，少想一些事情，順應自然的規律。哈哈，如果大家都這樣學習《老子》就糟糕了。這裏的魚的確好吃，不知道是因為餓了的緣故，還是真的很好吃，可能兼而有之吧。我知道為什麼一些人為了吃魚，連官都不做了。晉朝人張翰，他曾在洛陽作官，見秋風乍起，忽然想到家鄉蘇州味美的鱸魚，於是便起了懷鄉之念，然後棄官歸鄉了。魚還沒有吃完，接到電話後又轉戰了兩個地方，灌下一些白酒和啤酒和紅酒。最後是剩下單位的幾個人娛樂了，平日不苟言笑的男女領導在酒精的作用下也是很放得開了。我心中默念孔教授說的：今朝有酒今朝醉，明日無錢便偷書。心中一樂，又灌下一杯啤酒。

　　回家給老婆孩子買燒烤若干。臨睡前照例亂翻幾頁書，今天翻的是魯迅的書。魯迅不愧為文章大師，他的每個字都有質感，都是不能減去的。那些罵魯迅是小人是紹興師爺是通日漢奸是偽君子的人，包括蘇雪林在內的人，不管你們如何誣衊魯迅，如何

詆毀魯迅，他的文字永遠是有生命力的。他自己希望自己速朽的文字還不會朽的，會朽的只是誣衊者的屍骨而已。

十二點睡覺。有人說，無事就是幸福，信乎！我今天應該擁有一個無夢的夜了吧。

# 我的藝術牆

　　許多年前的某個下午，我坐在單身宿舍的書桌前，背著一本英語詞彙集。桌上那台破舊的收錄機吃力地放著《昔日重現》，我一遍又一遍地反覆聽，可好像怎麼也聽不夠一樣的。陽光從門縫中偷偷地跑了進來，還帶著一身的塵埃！累了，就休息片刻，窗外那棵大樹依然是輕枝晃動、樹葉搖曳，彷彿在微風中低吟，又彷彿在向我問好一樣，頓時心裏也有一種溫暖的感覺。放眼望去，我目之所及是令人惆悵的遠方，最美的風景在遠方，在我嚮往的遠方。但與此同時，一種虛無感幾乎要扼殺了我，一種既明亮又有些隱秘，既亢奮又有些憂傷的感覺攫住了我，忽然間，有一種想哭的衝動。

　　放下手中厚厚的書，取出一管毛筆，飽蘸墨汁，我像一個落拓的古代書生一樣在雪白的牆上揮寫《蘭亭集序》。那管毛筆彷彿一下有了些靈氣一樣的，彷彿是一員驍勇的將領如入無人之境那般，左突右沖一陣後，頓時，家徒四壁成了四壁皆字，成了我的藝術牆。濃濃的墨味將我挾裹，隨之而來的是我對它深深的呼應。的確，字的線條談不上蒼茫和遒勁，但我還是像完成了一次又一次的內心的攀援，享受著一種別樣的快意。沒有「群賢畢至，少長咸集」，也沒有「茂林修竹，清流急湍」，有的只是我年輕的孤獨和無盡期的苦悶，它們在我內心深處匯集成一股暗流，讓我多了些不安分的因數，它像一種毒液刺激著我年輕的神

經。寫完後，鬱結的苦悶一下得到了某種釋放，完成了堵在胸中的那種抒情的慾望。擲筆長歎：「遊目騁懷，足以極視聽之娛」，也相信了尼采說的：藝術是生命的最大興奮劑。

有一天，一個年長者到我這裏找我說工作上的事情，滿屋的字把他嚇壞了，他是我的老師，也是同事，一個安分守己、謹小慎微的人，多年的教學教育生涯已將他打磨成了一個世俗道德的楷模。他說，如果單位領導看了你在牆上寫這些字，肯定會對你有看法的。說這話時，我看到了他眼中的慌亂與對我真切的關心。我說：我又沒有題什麼反詩，再說也算是裝飾一下這小屋吧。說雖然這樣說，但自己的心裏也不由得緊張起來，假如別人看了，肯定還是會認為我在搞些破壞的事情，於是急於想請工人來把這些字粉刷掉。晚上，一個朋友來看我，我給他講起了這件事情，他沉思片刻說這沒有什麼值得大驚小怪的吧，本來就是如此破舊不堪的房子了，你住在這裏，已經是單位對不住你了。你還有什麼好擔憂的。於是，我也就心安理得起來，也就沒有抹去這些字的想法了。當然，領導好像也沒有為此事找過我什麼麻煩，其他人來到我的藝術牆前還會駐足良久。

幾年後，我終於離開了那個逐漸走上正軌的單位，離開了那間風雨飄搖中的小屋，離開了那個我曾經的避風港，收拾東西離開是一個令人傷感的過程……離開時，我再次環視這間充滿了我肉體和精神氣息的小屋，再次凝視我的藝術牆，我的眼淚差些湧了出來，因為我知道它們見證了一個人的一段說不清道不明的時光，而我帶不走任何的東西，除了記憶。有人說，沒有表達的愛情才是最為美好的愛情，同樣，無言的離別也才是最讓人痛徹心扉的離別，彷彿兩個朋友分別在兩輛相向而馳的列車中發現了對

方的眼神卻又來不及說什麼就一切都歸於平靜。它們會永遠停留在我心中，這就已經足夠了。我猛然扭頭，離開了，像是為了完成某個使命必須離開孩子一樣，不忍心，卻又那樣毅然，那樣徹底，那樣決絕。牆猶如此，情何以堪？一個遙遠的下午是如此簡單又是如此複雜。

許多年後，仍然有人向我提及那「藝術牆」，他們都是那間單身宿舍的曾經居住者或者造訪者。他們都沒有一點恭維意味地說：那些字寫得還真好。我的藝術牆就像一個寶藏那樣被我再次打開，再一次回溯到已逝的歲月，彷彿也由此看到了我一覽無餘的命運之路。懷念與追憶，據說是一個人開始衰老的表徵，但我的確從來沒有像現在對那段時間生活中的孤獨、無助、感傷、憧憬、力量懷有這般深深的眷戀，懷念的還有那些對我而言具有顛覆性的震撼細節，以及那些聲名狼藉的日子。據說，那房子還暫時沒有被拆掉，但我從來不敢再去看那些「藝術牆」了，因為我很多年沒有摸過毛筆了，更因為它是屬於一個人的苦悶的青春，如果當時也算有青春的話。

# 夜宴

接到 X 的電話時，我剛在外面吃了飯回到家中。他在電話裏心急火燎地對我說：我和 Y 等你過來喝酒，我們剛剛才加完了班，都餓得快暈了。我說：我才吃過飯。他說：我又沒有叫你過來吃飯的，我是叫你過來喝酒的。X 是我為數不多的朋友之一，也就是那種能極為放鬆地說話的朋友，也是大家有什麼事情能互相傾訴的朋友。他有個特點，有時候愛約我們去唱歌，但是自己從來不唱，他只是靜靜地喝酒，看著、聽著我們瞎吼一陣，偶爾也和我們說一下話。

剛落座，我透過熱氣騰騰的霧氣，看到了 X 的前妻正和其他幾個人一起吃飯，她也向我招了招手算是打招呼。我用腳蹬了下 X，小聲對他說，你看對面。正在點菜的他抬頭看了一眼，一幅漠然的樣子，又繼續埋頭點菜。前兩年，我們都還隔三岔五就要聚會一下的，那時候他們剛結婚不久，卿卿我我好不讓人羨慕，現在卻是形同路人了。想想婚姻真的是太脆弱的東西了。他前妻與他離婚後在外面也晃了一圈，但她的生活彷彿又回到了起點，現在又請求重婚了，但 X 堅持說，不可能有回頭的路了，因為他已經給過她太多的機會了。而且最近為了躲開她，X 連續換了幾個手機號。對此，我只有三緘其口，因為個中的滋味只有當事人自己知道，別人無法去勸說些什麼了。

　　點的菜陸續上來了，我們的「三人宴」也開始了，彷彿對面的那個人是不存在一樣了。X對我說「買了」，然後顯出一種很久沒有的放鬆，我知道他說的是他剛剛按揭了一套新房。「買了」這兩個字就要值近三十萬元。他說按揭的手續才辦完，貸款期限是二十年，然後感喟自己現在真正成「房奴」了。每個月要扣一千二百多，工資基本上就泡湯了，生活只有靠津貼了。但是說起房子他還是一樣掩飾不住內心的激動，畢竟這是一件關乎生活的一件大事情，現在一個「窩」對我們的意義不壓於原來「理想」對我們的意義。我們又說到現在物價的飛漲，特別是豬肉價格居高不下。Y喝了一口酒說，他老丈人今年到他們這裏來住了一段時間也坐不住了，說是過了年要趕回老家去喂豬，而且準備要餵養十幾頭豬。我和X悻悻地說，看來明年吃豬肉的事情算是有著落了。

　　Y建議我不妨炒一下股，他去年是著實賺了一把。我說今年整死我也不會炒股，原來都沒有炒，現在就更不會去炒。我說我現在越來越沒有賭性了，炒股在我看來就是一種賭博。Y在給我講形勢大好一片，他說你不炒股以後腸子都要悔青。他說炒股其實是一種高智商的理財，不算是賭博，喜歡把錢存在銀行是不明智的。我卻對形勢估計不足，對他說的話不置可否，看來我是屬於人們常說的具有典型悲劇型性格的人，對那些集體盛宴的狂歡已失去了應有的熱情，看來的確是顯出了衰老的跡象了。但我也早就不以為然了，人總會慢慢老去的，時光如流水不捨晝夜，我們也隨著時光的流逝慢慢老去，時光對每個人來說都是公平的。不過能幹點自己喜歡的事情總還是一件讓人愉快的事情，有時候也與錢無關。我理解Y對炒股的狂熱。

　　以前我們總是以為自己對生活有大的見識，比旁人有更多的人生感悟。我們都是這樣自以為是的，包括X和Y。但在這樣的一個冬天的夜晚，我們雖然還沒有完全放棄對一些宏大敘事的願望，卻已然跌入到瑣碎生活的細節，跌入到柴米油鹽醬茶醋中了。但另一方面，這些又彷彿讓我們有了生活的質感和應有的層次感。特別是在這熱氣騰騰中，這種感覺讓我們大家都有微醺的感覺，「晚來天欲雪，能飲一杯無？」

　　走出餐館，我們走在冬天的大街，冷空氣刺激得我猛地一陣咳嗽。孤寂的街燈把我們的影子拉得很長，冬天的那些樹也在寒風中瑟瑟地作抖，但它們是順應天時的，不管是酷暑還是嚴冬，它們都自個兒地生長著。我們卻很多時候不能夠順乎本性地生活，時不時要逆時而動，偶爾還要吃些反季節的蔬菜，經常還要在其他一些場合說些不合時宜的或者違心的話。但冬天的夜晚是如此充滿著詩意，帶著些醉意，忽然地，我竟然對冬天的夜晚有些滿心歡喜起來了。一場大雪也許就要來了。

# 雨天

　　這些天是秋雨綿綿，我還是學著豐子愷一樣輕聲感歎到：這雨下得愁人啊。其實，我不知道他是喜歡這雨還是不喜歡這雨。不過，我想我現在是又開始喜歡雅安的雨天了，喜歡這綿綿的秋雨了。

　　那天，端坐於辦公桌前忙了一陣，準備休息片刻。從窗口放眼望去，雨後的山在雲霧的包圍中，約隱約現，東安明珠巍然聳立，周邊的房屋都被雨水沖洗得乾乾淨淨，真是就是看到了一幅絕好的水墨畫，給人一種如夢幻般的感覺。車急馳而過濺起的水聲也乾淨俐落，瞬間又恢復了寧靜。或許就在那一瞬間，我真的喜歡上了雨天，它容易讓人入定，讓人有一種難得的超脫與沉靜。

　　剛到雅安工作時，我和Ｙ及Ｈ同租房於健康路的一個處所。一個雨天的早晨，Ｙ抬眼望望外面說，唉，又是雨天。說完，又繼續蒙頭大睡了。我想，你小子睡得，我也睡得。真不想去上班了，那樣的天的確適合睡覺啊。過了一會兒，單位有人打電話找我，問我到哪里了，我頓時睡意全無，趕緊說，已在公車上了。然後慌亂起身出門打的直奔單位。那個雨天給我的印象真的是太深刻，路上，稀稀拉拉的行人，計程車的生意卻很好，我等了半天才得以上車。從那個時候起，我對雨天竟然沒有多大的期待了，因為我知道，不管下多大的雨，我們總歸是要上班的。但是

那樣的雨天，的確是適合睡睡懶覺的啊！適合把自己封閉在一個小天地裏，讀讀古詩文，與古人作一些心靈的感應；適合擺脫凡俗雜事，讓細雨撫慰一下浮躁的靈魂。

像很多人一樣，我也喜歡豔陽高照的日子，人的心胸也彷彿開闊了很多。但連續放晴幾天，卻又極容易讓人萬念俱毀，一切都是乾巴巴的，缺少了點水的滋潤，彷彿是一具缺少了靈魂的木乃伊。遇到這樣的雨天，竟然滿心地喜歡上了雨天，心想這樣的日子，能讓自己醉一場也是好事情啊，果真下午就有一個飯局讓我醉了。回到家時，雨聲依舊。真不知道為什麼雨天容易喝醉，也許是人的情緒也是受天氣支配的吧，人在這樣的時分也可能變得極易傷感。記起了李煜的詞句：簾外雨潺潺，春意闌珊。……夢裏不知身是客，一晌貪歡。這肯定是醉酒後的真實感受。醒來竟然不知道自己身在何方，窗外的雨聲只是平添了幾分落寞：想著一些間隙是因何而生，想著一些疲憊是因何而起，一時間竟然沒有了頭緒，又在零落的雨聲中慢慢睡去。

以前，很喜歡臺灣作家琦君的《下雨天，真好》那篇文章，作者這樣說：星期天下雨真好，因為「下雨天是打牌天」，……一打上牌，父親就管不上我了。我可以丟開功課，一心一意看《紅樓夢》，父親也不會進來逼我背《古文觀止》。唏裏嘩啦的洗牌聲，夾在洋洋灑灑的雨聲裏，給我一萬分的安全感。……這篇文章的文字有著臺灣散文的明顯特色：文字清雋、細膩、通透，有一種濃厚的文化氣息，如簷邊雨聲輕敲我的心扉，給我一種溫潤的感覺，讓心靈也不自覺地濕潤起來，像宣紙上的墨慢慢浸染開去，自己也被一場文字的雨淋得身心俱醉……

　　多年前，我也讀過伍松喬寫的《朦朧河》一文，他開篇就說，雅安人是有福氣的。然後他寫了雨中的青衣江、雨中的黃桷樹、雨中的女人，雨中這如詩如畫的一切給他的感覺真是太美好了。讓人感覺雅安的雨真的就是能夠感化萬物生靈，能沖去幾多的塵埃與污垢。說實在的，我當時使出渾身解數到雅安工作，可能真的就是受了這篇文章的誘惑，我想肯定是這樣的。像在這樣的雨天，真的很適宜在家中小憩，可以喝喝茶，聽聽雨聲，想一想心事。甚至是發出夢中的囈語，甚至是莫名傷感一陣，反正是雨天會讓自己慢下來、慢下來，真切地感受到自己的存在。

　　秋雨，讓甫志高在一夜間就成了叛徒，這肯定跟重慶雨天的夜晚有關；秋雨，也讓江南一個名叫秋瑾的女子生發出秋風秋雨愁煞人的革命豪情；秋雨，正在讓我變成一個徹頭徹尾的雨天喜好者。雨天，讓我的懶惰變得那樣有了冠冕堂皇的理由，雨天，讓我心裏自然流淌出一曲音樂，和著窗外的那雨聲，低沉而又清晰，卻又漸行漸遠了……

# 早春

　　漢源縣的春天有一種容易讓人忽視的快，彷彿直接由冬天進入初夏；漢源的春天也有一種容易讓人想入非非的短，如少婦敷衍塞責的裙子。所以，要想體味一下王羲之對暮春之初的感受，的確是不太容易的事情。只是窗外的黃色野花在提醒我，春天已來臨，香味曖昧，隱約可聞……

　　梵谷說窮人和藝術家對季節是敏感的。我可以歸為窮人一類，對季節的敏感主要來自於身體的敏感而非心靈的敏感。對春天，原來也曾有過詩的禮贊，但現在我對這門讓人空虛的技藝越發感覺虛妄。它能記錄下我對春天的感受嗎？一切文字都是有偏差的，正如有人說一切觀點不過是偏見而已。也是一樣的春天，幾年前我和曾經的同事L曾在漢源河邊一家叫綠野仙蹤的茶樓喝茶，工作之餘，我聽他談得最多的莫過於哲學。他彷彿有著一種傾訴的慾望，不管我懂與不懂，只顧自己說自己的，那樣才會一吐為快。春去春來，斯人已逃向了成都，回想起來，那些日子也如漢源的春飄然而去。成都，今夜會遺忘他這個外鄉人嗎？感覺他是為哲學而生的，不是為世俗的社會而生的，不知道他會不會偶爾想起那個春天的交談，似乎一切都可以在春天中消弭於無形……

　　春天在哪裡？也許它僅僅存在於我多年前的小學課本裏，也許它僅僅存在於那些樹木的年輪裏。說實在的，我不喜歡春天，

我喜歡秋天。春天讓人沉悶,春天讓人傷感。這種不喜歡可能來
自於錢玄同早年的一句話,他說,四十歲以上的人都應該統統槍
斃。因為春天,也只有春天,才能讓人更為深刻地理解時光的流
逝是如何的驚人。不斷地告訴自己要有挑戰極限的精神,不管是
對工作還是學習,但是一想到人都是要死的,不禁悲從中來欲哭
無淚。春天是讓人懶散的季節,一方面大家都說一年之計在於
春,但另一方面的現實是,春天的確是讓人不思進取,春眠都不
覺曉了。章衣萍說,懶人的春天啊,我連女人的屁股都懶得去摸
了。呵呵,真是舊社會的典型惡劣文人。

早春的陽光已照在桌面上,我聞到了太陽的味道,但漢源可
惡的蒼蠅過早就出現了,嗡嗡地飛,彷彿它們在向我挑釁地說:
春天在哪里呀,春天在這裏。氣得我發毛,可又打不著它們。刀
郎和黃燦唱的《雁南飛》也是用迂回之氣,纏綿悱惻。懶惰的春
天,幸好它很短。

春天我曾在網上感歎:何時忘卻營營。結果一好事者問我
誰是營營,還問為什麼你老是忘不了她啊。呵呵,弄得我哭笑不
得。想到這個,就覺得春天也還是不乏幽默的因素,所以,對春
的厭惡也少了幾分。

# 好個秋

昨天早上起來，就聞到了秋天陽光的氣味，一掃近幾天來內心沉澱下來的陰霾，陽光一波波地撒在身上，上學路上的小女兒一跳一跳的，她肯定不知道什麼「悲秋」，什麼「傷春」。路上我默默背誦著郁達夫的《故都的秋》：秋天，無論在什麼地方的秋天，總是好的；可是啊，北國的秋，卻特別地來得清，來得靜，來得悲涼……車過青衣江大橋，窗外風景依舊，不一樣的只是心情，河面波光粼粼，好一派迷人的秋色。

同事劉到重慶去交在職碩士論文去了，我將工作上的一個事情處理了一下。同事賀說，我們到蒙頂山去喝茶吧，這樣好的天氣，不去簡直有些可惜。我說算了，在辦公室裏一樣可以喝蒙頂茶，忙了一陣才泡上茶。但是心裏也有點怕，我們一直是用飲水機燒水喝，昨天看網上說很多飲水機都是不合格的，又看到一篇文章說，癌細胞最愛吃微波爐弄出來的東西，看得我心驚肉跳的。不過還沒有什麼，一會兒收到群裏有個人發的消息：外國人喝牛奶喝結實了，中國人喝牛奶喝成結石了；日本人的口號，一天喝一杯牛奶振興一個民族，中國人的口號，一天喝一杯牛奶，震驚了一個民族。然後又看了另一條：中國人在食物中完成了化學掃盲，從大米裡我們認識了石蠟，從火腿腸裏我們認識了敵敵畏，從辣椒醬裏我們認識了蘇丹紅，從火鍋裏我們認識了福馬林，……奶粉又讓我們知道了三聚氰胺的化學作用。看得人更是

一驚一乍的，真的感覺以後不知道還能吃什麼東西了。只有秋天的陽光還依然那樣，一種無助感與無奈充溢了全身。最好讓我暫時遠離一下這些，別讓它們左右了我的心情。

辦公室格外的靜，偶爾有飛蟲也是飛一圈就飛到窗外去了，遠遠地遁於無形。遠處的山在陽光下泰然自若，樹樹皆秋色。無事且讀書吧。劉亞洲真是一個難得的軍事戰略家，他現在的作家身份已淡化了，取而代之的是軍隊的將領。如果中國軍隊再多一些他這樣的人，我們肯定會更強大，他是屬於用脖子以上部位思考的人。我細讀了他的《美國的真正可怕之處在哪兒》、《我願意做自由思想的殉道者》，有幾句話對我觸動比較大，我默記於心：我在生活裏是沒有鋒芒的，但是在思想上是有鋒芒的。真正能刺痛你的，真正能夠把人刺出血的，是思想上的鋒芒。而不是在於你這個人有多高傲，你有多大的官職，那都沒有用⋯⋯張孝祥，南宋人，秦檜當宰相時，他考進士第一，當即上書揭露秦為岳飛平反。朋友勸他收斂鋒芒，他說，沒有鋒芒我考進士幹什麼，我明明的鋒芒把它藏起來我考進士幹什麼？秦檜是個王八蛋，我不衝擊他我考進士幹什麼？三問，酣暢淋漓⋯⋯劉的文字總是有一股浩然正氣，但願我也常常都能用他的文字中汲取那些營養成分，讓自己做一個自己，有私欲，你就不能堅強，你就不可能無畏。誠如他自己說的，我不做自己還做別人？追求一下精神方面的東西吧，這方面疆界無限寬廣。讀這些文字，心胸也為之開闊。去他的什麼悲秋，去他的矯揉造作，讓我們去迎接暴風雨吧，一切反動派都是紙老虎。

晚上參加單位和另一單位的聯歡的一個飯局，A女士酒量過人，人也極豪爽。單位的頭兒讓我們要好好學習A的各個方面。

喝酒看人品，一般是不會有什麼大錯的。我也一直是這樣認為的。當然我的意思不是海吃胡喝就是好的，此中的微妙處，當由當事人自己去感知、領悟。美女同事唐進的一曲粵語歌曲《人生何處不相逢》，簡直是直抵人心的柔軟之處，歌聲能撫慰人，這也許就是歌曲的力量吧，也許是那麼多人喜歡聽歌的緣故，也許也是秋天的力量。

# 一座城市的幾個關鍵詞

我一直覺得雅安好像還在我的夢中，有時候我分不清是我自己闖入了這個城市，還是這個城市歷盡滄桑後在那兒等待著我。不知是它連綿的陰雨復活了我的一些記憶，還是它夏日豔陽照亮了我的內心。它像一首歌，有著低啞的音質、有著緩慢的節奏、有著美麗的音符，成了我依賴的城市。

黃桷樹：黃桷樹是作為這個城市的居民而存在，我現在很難想像沒有了黃桷樹，這個城市會是怎麼樣的一種境況。它們是城市的軟雕塑，弧形的樹冠與方正的建築，在晴天或者雨天都構成了一種頗具抽象意味的水彩畫。因為這些樹的存在，讓樹下的行人、郵亭前讀報的人、騎著單車的人都顯得那樣鎮靜自若、目光純淨。經常讓我感慨：黃桷樹的綠是一種多麼典雅精緻的綠啊。

最著名的黃桷樹應該算是中橋旁邊的那棵黃桷樹，它是作為城市規劃者謀篇佈局的一個重要節點而存在。它屹立四百多年，見證著城市的變遷。某天，這棵作為城市地理座標的樹倒掉了，夜不能寐的我寫下這幾行詩句，算是對這棵樹的祈禱：「靜夜在你的搖曳聲中，臥於長椅，靜聞木香。你有著細密的年輪、有著赫赫的衣冠，是你無言的深刻讓我蛻變……」但願這些秀美典雅、風姿綽約的黃桷樹會永遠伴著這個小巧美麗之城。

獨一味：我和朋友Y及H剛到雅安時，我們就經常在這兒聚餐。一是離我們三人的住處近，二是H特別喜歡吃羊肉，三是我

們都喜歡那兒特有的世俗氣息。它讓我回憶起很多生活細節：油膩的桌子下面堆放著雪花啤酒，桌子下面落滿了劣質餐巾紙，H神色黯然地對我說：「買了」，然後顯出一種很久沒有的放鬆。我知道他說的是他剛剛按揭了一套新房，「買了」這兩個字就要值近三十萬元。他說按揭的手續才辦完，貸款期限是二十年，然後感歎自己現在真正成「房奴」了。但是說起房子他還是一樣掩飾不住內心的激動，畢竟這是一件關乎生活的大事，現在一個「窩」對我們的意義不壓於原來「理想」對我們的意義。

以前我們總是以為自己對生活有大的見識，比旁人有更多的人生感悟，我們都是這樣自以為是的。但在那樣的一個冬天的夜晚，我們雖然還沒有完全放棄對一些宏大敘事的追求，卻已然跌入到瑣碎生活的細節，跌入到柴米油鹽醬茶醋中，跌入到這個充滿了生活煙火味的羊肉火鍋店。有人說，生活的變化是以某些事物的衰敗和某些事物的興盛體現出來的。幾年過去了，這家羊肉火鍋店依然健在。在某種意義上，它是作為我們理解這個城市的一個甬道，同時，我們的很多喜怒哀樂都在這兒得到了消解。

縣前街：這條街是這個城市的一條皺褶，它給了我這個城市的寧靜。黃昏時分，我們一家三口總愛在這條後街散步，那些低矮的門面、白牆黑瓦的房子、路邊的梧桐樹，一個隨便可見過去的地方。它的樸素正是它的厚重與分量，它如同一個經歷坎坷的老人，任世事變化，卻自有一種端莊氣質。

這條路適合騎自行車，幾年前，我經常騎著自行車經過這條路去「二幼」接女兒，那時我總是將自行車蹬得飛快，也許還算年輕，有較多的時間和精力揮霍。後來，自行車丟了一輛又一輛，於是也就告別了「騎士」生涯。偶爾，散步時也會發現一個

女孩安安靜靜坐在自行車後座上，男孩用力蹬車，我目送他們遠去，男孩一臉認真似乎正載著沉甸甸的幸福，女孩則低頭看著手機一臉恬靜，陽光下他們的身影燦爛得讓人心生妒忌。

　　青衣江：柔媚清麗的它讓這個城市成了水寫的城市，它賦予了這個城市的陰柔之美。我喜歡秋天的青衣江，它樂而不淫，哀而不傷：「滄浪之水清兮，可以濯我纓；滄浪之水濁兮；可以濯我足。」一條江從遠處走來，宛如剛出閣的少女，明眸善睞，黛眉輕臥，身後青山如漩。青衣江上的廊橋顯得大氣得體，夜幕降臨時，廊橋以它的沉穩，讓人感覺到一種充沛的詩意在流動，燈火輝煌中，我彷彿感覺到我的生命也流淌在這無邊的夜色裏了……

# 極限麻將

　　每次飯局後，總是有人提議，打會兒麻將再回去嘛。於是，有人欣然接受這種「挑戰」，而我，總是藉故離開了，不願意再來一次方城大戰了。對我而言，我認為我是在十年前就把這輩子應該打的麻將都打完了。不過，我始終承認，麻將的確是個好東西，它消磨了我很多無聊的歲月，說得灑脫一些，年輕的歲月不拿來消磨，哪拿來幹什麼。更重要的是有人還被麻將救過命，西安有一個人，就是因為打麻將誤了上飛機的時間而逃過了空難，最後他竟然在裝修房屋時把地板和牆都弄成麻將圖案，以示對麻將的感恩戴德。

　　梁啟超說，他只有在讀書的時候才可以忘記打麻將，也只有在打麻將的時候才可以忘記讀書。這真是說出了廣大麻友的心裏話，能讓人廢寢忘食的東西一般而言都是好東西。那怕你看一本情色小說，通宵達旦以至不知東方之既北，能說情色小說不是好東西嗎。連王爾德也說，只有從文字上說寫得好與不好的小說。而麻將也是一個好東西，一說到它是好東西，我都有些激動起來了。至少，我都又彷彿感覺，我的清對又下調了。

　　剛參加工作那幾年的時光已在蒼穹下，化作碧波了。但麻將在那段時光中的確是讓人難以忘卻，放了假，假期漫漫無邊。於是經常到同事家裏觀看其他人打麻將，看他們經常打得面紅耳赤，打得幾乎要吵架，但還是因麻將的魅力，讓他們又不得不經

常能冰釋前嫌。為了不被他們看成另類，我也開始苦苦鑽研麻將，從它的起源開始學習，知道了麻將是明代的一個叫萬炳條的人發明的，知道了麻將跟水滸一百零八將有一定聯繫。很快知道了什麼叫清一色，什麼叫三元會，什麼叫槓上花。於是開始參加實戰，剛開始，被別人罵慘了，我也只有認了。因為總是要影響別人，有幾次最後一張了，我卻毫無經驗地只看自己手中的牌發生張出去，讓別人弄成了槓上花。經驗總是在切膚之痛中總結出來的。最後也越戰越勇。

最難忘的是一回「極限麻將」，那是放假，大家無聊，約在同事J家裏打牌，事先約定，這是一場拉力賽。遊戲的規則是，打麻將時只能喝水，不能吃任何東西，要一直打到有人喊「招架不住」了才作罷。於是，一場惡戰就此上演，我們三男一女就在「稀裏嘩拉」聲中，等待其他人先倒下。開始大家都還精神百倍，還有人開玩笑說，不要輸光了錢還要輸衣褲哦，我還打趣地說，你們不要學習明代的魏忠賢哈，把自己的生殖器都輸掉了。又遭來他們一頓狠罵。

一夜過了，開始有人面有菜色了，又有人輕聲地說：「好餓哦」，女同事才胡了一把暗七對，興致勃勃地說革命的新生活才開始哈，你們慌個鏟鏟。說得我心裏也發毛了，因為我知道女的是經得餓、經得冷的嘛，但都上了桌了，還是得繼續。想來，那個時候還真他奶奶的年輕，雖然餓是餓點，但精神還好。過了中午，有人又說遭不住了，隨便吃點餅乾也可以，但那個女同事就是堅決不答應，說你幾爺子紹嘛，老娘都還沒有吃，你們哪個還有臉吃？於是大家都默不作聲了。

　　過了一會兒，我腳被她踩了一下，還以為她給我發什麼信號，原來是她馬上要摸最後一張了，如果我發的牌被別人撞了，她就沒有機會摸最後一張牌了，而她把牌攤起了，而且知道最後一張就是和牌。被踩的我只有略作思考狀，別人也死死地盯著我，彷彿所有人的命運都押在我身上的，她的腳又踩了我一下，我懂她的意思。但最終，不知是頭腦發熱還是尚未被泯滅人性的我，還是發牌讓別人撞走了，算是解救了大家。她當時也不好說什麼，只是狠狠地剜了我一眼。當然，我更不敢說什麼。後來事實證明，得罪什麼千萬別得罪女人，這也是我從那次極限麻將裏得出的結論。所以，千萬別以為你抱著本書才是學習。

　　那次極限麻將持續了一天一夜。之後，我也睡了一天一夜，彷彿害了一場大病。再後來，漸漸對麻將的危害也認識得比較清楚了，就漸漸遠離了麻將。小賭怡情，大賭傷神。雖然我們也只是以娛樂為主，但因為各人對錢的態度總歸會有多種多樣的，總歸，在麻將桌上，人與人的關係都比較容易對立。人性中醜惡的一面也經常暴露無遺。

　　據說，有戶人家的麻將是特製的，戴上特別的眼鏡就可以看到麻將背面的字，而這些，我們一直以為只有在電影電視裏才會有的；加之，看了許多本來是朋友也因為打麻將反目成仇，於是我越發對麻將不感興趣了，而且也有些恐懼了。那個時候真的是一人吃飽，全家不餓，當時特別瞧不起那些已婚男人在牌桌上略顯小器，想不到終有一天，我也淪為他們一類的人，不過，我選擇了離開牌桌，這點跟他們不一樣。現在我對錢的理解也跟當時不一樣了，這也是自然而然的事情。

　　前段時間，在回家的路上，在「雅安中學」大門外，遇到了當年參加「極限麻將」的一個朋友，幾年時間不見，他都顯出些老態了，明顯發福了，頭髮也有些白了，但願不是那次打麻將弄的後遺症哈。當我們一說起當年的「極限麻將」時，都相視而笑，莫逆於心。

　　彷彿已逝去的歲月又回來了，彷彿我們又回到了當年火熱的戰鬥歲月。因為我們不是懷念那次麻壇大戰，只是我們又彷彿聽到了我們當時年輕的喘息聲音，無聊歲月中的一種嘟囔聲音。那種對生活的無奈，好像只有通過這種自虐的方式才能得以消解一樣。深夜走在大街小巷，經常能聽到麻將聲聲。

# 世俗的週末

　　一個世俗的週末。

　　週末，歸心似箭，不遠百里，從漢源趕回了雅安。車過泥巴山進入榮經縣境內，樹變得翠綠了，山變得清秀了，空氣都帶著一絲的甜味，沁人心脾。我還是喜歡這樣秀美的青山綠水。

　　其實週末應該是星期六，而周日才是一周的開始。對這個問題，我一直是沒有搞明白而一直以為是搞明白了的，我一直對女兒說，週末就是週五。看來，什麼事情都不要「我以為」，「我以為」的事情很多也是不對的事情。

　　週六，和H、P一起吃飯。老婆孩子喜歡吃串串，其實我現在也極喜歡吃串串，那種感覺真的很生活，特別是那種熱氣騰騰，讓人看著也舒服，雖然不排除可能是淋水油。征得H的意見，我們還是去了大北街一家火鍋店。Y因有其他事沒有參加，我感到有些遺憾，他一直說我寫的一些小文章損毀了他的名譽，要我請他吃飯了事，不然的話要對簿公堂。

　　H和他的女友來了，第一次看到他女友，一個80後的漂亮小女生，性格開朗口齒伶俐；P的老婆帶孩子去成都了，他隻身一人前來，自從他到日本留學歸來，我只吃了他從日本帶回來的巧克力，我們還是第一次一起吃飯，也第一次與「海龜」吃飯。其實我不喜歡吃火鍋，總感覺還不如吃串串有意思。不過，吃什麼

倒不是很重要的，只是看到了「闊別」已久的老婆孩子和朋友，心中甚是歡喜。

席間，我問H的女友是哪裡人，我說聽口音不怎麼聽得出你是哪裡的人，她說是榮經的人，但離開榮經多年了，繼爾她又說，天全人說話好難聽哦，二郎山山地雞基地，聽起來像打機關槍一樣。我兩口子和P都是土生土長的天全人，我們相視而笑，H解圍說，你們榮經的話也難聽，什麼「你吃沒有吃，沒有吃，我給你熱起」，「天是嗨沉沉的天，地是嗨沉沉的地」，逗得我們笑安逸了。H的女友說，剛才說話多有得罪哈，敬你們一杯酒算是陪罪，我和P都說，童言無忌嘛，哈哈。其實方言土語聽著舒服。

P是春節前才從日本國歸來，自然我們大家都問了他一些關於日本的問題，他都在瞭解的範圍內一一給我們作答。他說，日本人在吃方面的確實不如中國，東西特別貴，像我們這樣在這兒海吃胡吃的錢，在日本可能只能吃兩三碗蕎麥麵。雖然我們吃的可能是有毒大米，可能吃的是有農藥殘留物的菜蔬，但總可以經常這樣大快朵頤。看來資本主義社會真的是垂而不死。難怪美國也老是想逼著我們的人民幣升值哈，他們羨慕我們的這種購買力哈。

P還說，在日本，如果同事生病了，其他同事去看他的話，一般就是帶一個蘋果。他們認為，自己儘量不要麻煩別人，當然別人也最好不要麻煩自己。在「禮輕情義重」已成為一種神話的年代，我們的確有必要學習一下人家，改革一下那種幹什麼都要請客送禮的習慣。聽了P的一席談，感覺還是生活在咱們社會主義社會好啊，《社會主義好》的音樂聲在頭腦中漸起……

　　我知道，這樣普通的週末聚會，對很多的人來說是多麼普通的事情，是多麼尋常的事情。但對我而言，這樣的時光顯得有些奢侈，因為我現在的生活是殘缺的，每次回來，都彷彿要把這殘缺的生活修補一下。呵呵，難怪西晉的張翰為了吳中的菰菜，為了蓴羹，為了鱸魚膾，見秋風起，也起了思鄉返鄉之情，竟然發出了「人生貴得適志，何能羈宦數千里以要名爵乎」。坐在河邊喝著一杯素茶，看著那麼多閒人鬥著地主，看著河水默默地東流，我感覺自己的革命意志也衰退了，但我們革命的目的不就是為了讓更多的人生活更加美好嗎？

　　週末，這真是一個令人感覺美好的週末，其實想來，這一切都沒有什麼好特別的，但平時都很容易就忽視了。所以，我還是不要去學張翰了，一是學不了，學了肯定餓死；二是如果張翰天天吃鱸魚，他也會厭煩的。

　　還是這樣作別今天的聚會，再期待著下次的聚會。天天的聚會也就不成其為聚會了，有時候聚會是為了分別，而有時候分別卻是為了聚會。一個世俗的週末，看萬家燈火，我感覺我的生命流動在這週末的夜色中了……

# 下鄉後的海市蜃樓

　　小瀋陽紅了以後，模仿那幾句話的也多了，其中讓我最有感觸的是，電腦一開、一關，一天過去了嚎，人生最痛苦的事情是下班了事情還沒有幹完，人生最最痛苦的事情是上班時沒有事情，下班時事情來了。其實我們很多人可能都有這樣的經歷。其實我最羨慕的還是那種上班痛痛快快地工作，下班痛痛快快地休閒。而我們更多的人不能做到這一點，都怪現在可惡的手機作怪啊，下班了，你到哪兒都能找到你，而且還要把鈴聲設置成歌聲「無論你到哪裡，我都要找到你⋯⋯」下午五點過，正準備下班了，領導電話說，馬上要下鄉去參加鄉上的一個會議。飯還來不及吃，就坐上車趕到鄉上。到了鄉上的食堂，胖胖的女炊事員說，就只有將就吃一點了，看著外面的蒼蠅飛舞，看著胖胖的炊事員，我基本上就飽了。隨便吃了點飯就上樓參加會議。

　　鄉鎮的幹部也是剛從各個工作點趕回，各小組講各自的情況，然後擬定明天的工作計畫。鄉鎮幹部的工作是辛苦的，他們直接面對老百姓，有時候還不能得到上下的理解的確也是讓人痛苦的事情。想起下午遇到的幾個上訪問者，他們都成職業的上訪者了，正所謂，可憐之人必有可恨之處，裝逼之人必有牛逼之處，的確是感覺到鄉鎮工作開展起來也不容易。會上煙霧騰騰，我認真聽每一個人的講話。看了《貧民窟的百萬富翁》，讓我感

覺到印度真是一個讓人心煩意亂的國度；聽了鄉幹部介紹的情
況，感覺基層的工作真的也是讓人心煩意亂。鄉幹部們面對的老
百姓也是什麼樣的人都有，有通情達理的，有胡攪蠻纏的，有可
憐可悲的，有可敬可愛的。有時候我都在想「不患寡而患不均」
是不是正是我們這個社會進步慢的一個原因，人們普遍追求一個
低效率下的公平，對存在的表面上有些不公但其實是雙贏的事情
不接受。這也是基層工作很難開展的一個因素吧。在鄉上開完了
會，又趕去另一個地方開會。的確很多人都說現在文山會海太嚇
人了，但沒有這些會，很多問題可能會堆積得更多，會議也是推
動工作的一種有效方式。兩個會下來，已是晚上十一點過了，我
也有點昏沉沉的。感覺開會也累，中途就沒有休息過，還被煙味
嗆得難受。

　　會結束了，回到住處，我可以放鬆一下了。這是我的海市蜃
樓的時光了，這個時間不屬於工作，這個時間是屬於我的。我從
來看不起一些工作狂，並無限地哀憐這些人。人總應該留點時間
冥思吧，哪怕這些東西如海市蜃樓一樣飄渺，但它給人以慰藉，
以力量，以美好的情懷，讓我們不至於陷落於現實的泥潭。我彷
彿在林泉山澗：春天的小花、飛來的百鳥、輕飄的雲朵、石上的
清泉、歸來的浣女、遠處傳來的陣陣歌聲，諸影諸物，無不讓人
心曠神怡，無不讓人回味無窮……春日遲遲，春風軟軟地拂過臉
寵，拂過我喜歡的柳條，塘裏的水也是軟軟的，無力卻又不停地
泛著金光，這裏沒有老人的哀號，沒有小孩子的啼哭，沒有女人
的咒罵，沒有醉漢的狂傲，有的只是美好，有的只是日本畫家東
山魁夷筆下的空靈……這個景像其實我也沒有見過，但它在我心
中，這是一幅心中的畫，絕好的畫卷，屬於自己的畫卷。

　　又一個春天了，我的畫卷上又多了些落英。它們就像我喜歡的女作家伍爾芙一樣，愛用意識流把那些流年歲月的碎影串連成一幅海市蜃樓圖，讓我專心休息，以此讓我專心工作，讓我專心學習。人生如夢，莫不如此！這真是一個美好的夢境，天若有情天亦老，風流總被雨打風吹去。在這樣的美景中，我感覺到了前所未有的充實……

# 朋友

臧天朔出事後，我頭腦中一直盤旋著他唱的《朋友》，應該說他唱的這首朋友之歌，旋律上不如周華健唱的朋友之歌好聽，但聽周華健的那首歌卻不如聽臧天朔的這首有一種歷經磨難的滄桑感。有人說，臧天朔成也是《朋友》，敗也《朋友》，也許唱這首《朋友》把自己也唱成了講哥們義氣的人以致犯法。

李碧華說，看一個女人只要看她的手就知道她是過的什麼樣生活了。當然，看一個男人就主要是看他有著什麼樣的朋友了。一個人在社會上遊走，總得要靠朋友。說到這個，我很慚愧，因為我一向以為郁達夫的「絕交流俗因耽懶」也是我的寫照，所以朋友也是屈指可數，更多的則只能說是熟人而已。很多人出事後，往往歸咎於自己交友不慎或是遇人不淑，我印象很深的是原樂山市副市長李玉書在被執行死刑前，曾對他交朋友一事悔恨不已，他說交了那些朋友有什麼辦法呢，其實關鍵還是在他自己；河北第一秘李真在獄中，也感歎，只在親人來看他了，沒有一個朋友來看他，他哪里知道，自己根本就是一個朋友也沒有的人，別人也不過是利用他當時的權勢而已，在獄中他竟然還沒有悟透這一點。

說到朋友，我們會想到伯牙與鍾子期的故事，想到馬克思與恩格斯真摯的友情。那樣的友情讓我們為之動容，但那樣的友情也是可遇而不可求的。古人說，同志為友，同師門為朋，以義

合者為朋友，而隨著社會的發展，朋友的概念也發生了很大的變化，在交往中有一定交情的人都算是朋友了。而且朋友被更多的人視為一種生產力和社會資源來加以利用，那種「神交至此，人生無憾，所謂笑傲江湖」的境界則成為一種難以實現的神話。當年，張靜江對孫中山說，你有什麼困難，給我拍電報，一個字就給你匯一萬過來，結果張靜江真的兌現了；而另一個人叫陳其美，他恭維孫說，孫是中國人裏最偉大的人，由孫中山來治理中國是最合適的，孫聽了他的話只是沉默片刻然後說：陳其美是最瞭解我的人。名人也不能免俗，孫也由此把陳當成了朋友。所以，可見要有朋友，就不要吝嗇了你的讚美。不過，我總覺得還是張靜江這樣的人好像更像朋友。他沒有要求孫給他一官半職，也沒有說這是他投資的，以後要講求回報的。

多年前，我騎著一輛參加工作後買的紅旗牌自行車穿行在鄉村公路上，去看望一個在鄉村中學教書的朋友。晚上我們同床而臥，窗外的寒風吹得正緊，我們卻沒有寒意，我們一直說到了天明，對未來我們都有狂狷的夢想。這種朋友關係無須要有什麼禮節，大家相談甚歡就行了，真正是君子之交淡如水，但那種友情卻又如嚴冬裏的一把火，彼此照亮對方溫暖著對方。我喜歡蘇東坡和佛印的那種朋友關係，有時候互相洗涮一下，蘇東坡對佛印說，為什麼很多詩裏詩人愛把「僧」用來對「鳥」，比如「鳥宿池邊樹，僧敲月下門」，和尚佛印說：「這就是我現在為什麼對著你的緣故了」。呵呵，這樣的朋友關係也好玩，平等，自在。

現在人們愛說，多一個朋友多一條路。這的確是實情，在中國這樣一個講關係講人情的社會尤其需要如此，到醫院看病、交通事故發生、送子女到學校上學等等，首先要想的是有沒有熟人

和朋友，不然辦起事情來就麻煩得多。小說《國畫》中的主人公朱懷鏡看到他一個同學在社會上簡直是混得如魚得水，他請教同學。原來他同學設計了一個朋友關係表，當然不如說是公關的程式表，把所有的朋友按分量分了類，然後每個人的生日、愛好甚至親屬的有關情況都記載得清清楚楚，然後應該如何打點也有等級要求。這種人真的是想混不好都不行的啊。像作家梁曉聲這樣的迂夫子的看法顯然是落伍了，他竟然說，他視友情為不動產，如果求朋友辦一些事情，就會讓友情貶值。他忘記了，如果是真正的朋友，有些事情是不用求的，當然有些求了也肯定是辦不到的。

有一天和一朋友在河邊喝茶閒聊，我說真羨慕你朋友多啊，三教九流的人物都有。他感歎地對我說，唉，朋友跟敵人一樣，其實是越少越好的啊。原來朋友多的人也是這樣想的啊！是的，朋友只能是少數人，因為大多數人關心你飛得高不高的時候，只有少數人也就是朋友才會關心你飛得累不累。

# 內臟的命運

前段時間單位組織我們搞了一次例行的體檢，我的體檢結果還可以，無大礙，只是尿酸有一點點偏高，醫生建議不要吃海鮮和動物內臟。我覺得現在很多醫生的能耐就是把簡單的問題複雜化和擴大化，這也是他們慣用的伎倆。平時我倒是對海鮮沒有什麼興趣，再說我也沒有什麼機會進海鮮大酒樓。但對動物的內臟卻情有獨鍾的。幾年前，經常上一會兒班就邀約二三好友去一家小食店吃「土豆燒肥腸」，味道之鮮美，我經常是連湯也喝個精光，還意猶未盡。那時候對這些小廚師真是佩服，心想怎麼這些裝屎的腸子，就被他們弄得如此好吃。後來聽說，這些小食店裏的一些東西是放入了罌粟殼的。好長一段時間都不敢去吃了，怕吃來弄得上了癮。但一直對動物的內臟還是有特別的喜好。特別喜歡吃涼拌的心肺。

《羅馬軼事》中，凱撒大帝嗜吃動物內臟，又特別是喜歡吃野豬的心，他完全津津樂道於吃動物的內臟了，還說什麼「動物的心遠勝於野獸的身體」。可能他的知音還不少，雖然我也比較喜歡吃內臟，但還沒有他這樣癡迷而瘋狂。他的廚師看他這樣喜歡吃，就想，難道真的有他說的這樣好吃嗎？於是，有一次在弄這道菜的時候，這個廚子就偷吃了一口，天哪，那是多麼美妙的味道啊，這個廚子簡直忘卻其他一切，一口一口地慢慢品嚐，一顆心就被他吃光了。恍然才覺自己犯下了彌天的大罪，但事到如

此也沒有其他別的辦法了。於是他就對其他人說，唉，這頭野豬是沒有心的。所以，千萬別歧視喜歡吃內臟的人，如果你一旦喜歡上了，其瘋勁可能遠勝於這些，你也會像那個廚子一樣的。

　　一個同事是甘肅的，他說他老家殺了豬，是把豬蹄和內臟全部扔了，也許是因為嫌髒吧。我說，你們簡直是暴殄天物啊，知道豬蹄是什麼嗎？是可以用來做成蹄花的啊。有回在外面吃飯時，我剛要去夾那令我垂涎三尺的蹄花，旁邊一個人說，那是催奶的。結果大家一下都嚇得來不敢動筷子了，但是一會兒也就被我們搶著吃光了。冰心都說，只要是花就是美的，那蹄花也肯定是鮮美的，就更不用說那些內臟了，那些內臟吃起來味道才更為鮮美。不管是燒還是炒還是涼拌，都可以做成一道道的美味。看來，北方的人是沒有南方的人會享受生活，飲食也不如南方精緻，北方人也沒有南方人這樣精明，竟然把他們扔掉的東西也弄成很好東西來吃，一下就提高了動物內臟的附加值。內臟的命運竟然如此不同！

　　內臟被人們稱為「下水」，足見很多人還對內臟沒有足夠的瞭解和認識。雖然吃多了對身體可能會不好，但正如現在年輕人說的，如果沒有垃圾食品，我們的生活將失去很多樂趣。

# 游泳

　　週六，又是一個大好的晴天。早起的女兒早早就在我耳邊嚷著今天要去游泳，我被她鬧得無法安然入睡了，只好對她嘟囔了一句：吃了午飯就去。給她一個定心湯圓後，她認真去做她的事情了。一說到游泳，她真的感覺比過年都還要高興，唉，現在的孩子啊，的確是比較孤獨。

　　吃了午飯，她就收拾好游泳衣、游泳圈、游泳板、潛水眼鏡、浴巾、太陽帽，我說你游泳還沒有學會，行頭倒還是有一堆，樣子還是做像了的。老婆說，還要帶些吃的嘛，遊餓了總得要有吃的東西。我說，你們到底是去游泳，還是去郊遊哦。不過，話是這樣說，還是做好了準備工作，然後出門打的向「九九水世界」奔去。路上遇到的司機是比較健談的，他說你們怎麼不在河裏遊呢，我說一是危險，二是水太髒，現在河的上游有好多的硫酸廠、化工廠、煤礦。他說，游泳池的水還不是一樣是從河裏抽起來的，而且那麼多人像下餃子一樣，其實比河裏還更髒。我說，那游泳池辦不辦健康證呢。他冷笑了一下說，只收錢，不看證。說得我心理也有點虛，但一想兒童池裏應該沒什麼的。買了票進去，可能我們算來得比較早，人還不算太多。女兒迫不及待地下水了，在淺水區也是用游泳板游過來遊過去的。旁邊有幾個有些專業的教師在教幾個小學生游泳。我也托著女兒的腰讓她學習夾腿。游泳池裏的人慢慢多起來了，大人教孩子游泳的居

多。有一個六七十歲老太婆居然也在游泳池裏教她的孫子游泳。這些孩子無一不感到興奮，在淺水區游來遊去。

我都在懷疑，當時我是怎麼學會了游泳的呢。上岸休息，竟然一下想起了小學時代游泳的種種事情。那個時候，我們學校在河邊。中午很早我們就跑到河裏去游泳了，家長一般也不理會，幾個同學約起就去了。有時候遊得來忘了上課的時候，到教室時，課已上了好久了，那個嚴屬的女老師，沖出教室，對著我們幾個遲到的學生說，是不是游泳了，我們說沒有，她在我們手臂上一劃，一道白痕，「還說沒有下河游泳？」叭叭，給我們每人幾鞭，然後罰我們幾個在太陽下站起，她返回教室繼續上課。現在的老師可能不敢這樣了。我們幾個一動不動，就互相責怪沒有及時趕來上課。那個時候，我也不會遊，我前桌的同學張軍在水裏像一條魚，我每天就負責幫他做作業，他負責教我遊。我抱著他腰，從水深幾米的地方遊過，他說，你主要是要夾腿。然後，我自己從上面往下游，他在旁邊保護我，想起同學情深，真的太感人了。有時候游餓了，就會有人提議說，去偷點玉米包包來燒來吃。我當時膽小，我不幹，我說我給你們望風，同學劉說，怕什麼呀，現在沒有人的。於是我們幾個潛入玉米地，劉的膽子最大，用書包裝了滿滿一包。我只是尾隨他們，在旁邊說，有人來了。大家一哄而散。前兩年，我還經常遇到劉，他初中畢業後進過局子，坐過大牢，現在在街上賣面。上回我老媽在他那裏買掛麵，他還給我老媽說，我就是天生膽子小。不知道他怎麼又說起我膽小了，不過，我想還是膽小些好，他就是膽子太大了。

那個時候一放暑假，基本上就泡在河裏，人都曬得跟非洲來的一樣。有回，我在河裏正遊得爽，上岸發現我的衣服都被人家

給偷走了。氣得我沒有辦法，一直等傍晚才偷偷溜回家。回家免不了又被打了一頓，唉，那個時候的孩子有好多沒有被父母暴打過的哦。不過，過幾天還是照樣就下河了。風裏來雨裏去，一個夏天，好多的時光都就在河裏消磨了。是的啊，水逝河在，雲去天留。我們還是算跌跌撞撞成人了。哪里像現在，孩子剛一學游泳，就怕這怕那。只能自我解嘲式地對自己說，時代不同了。

孩子的成長，是不以大人的意志為轉移的，也許是社會的合力在推著孩子們成長。不覺隨口吟到：長河落日石竟憂，正是莊生夢醒時。

# 那支鋼筆

同事小藍讓我給他設計一個簽名，我說現在專門有設計簽名的公司了，你按他們要求輸入相關內容，設計公司就可以為你設計出個性化的簽名了。同時，我打趣他說，你在為當領導作準備了啊，那你先把「同意」兩個字練習好再說吧，當然最好也不要寫什麼「同意報銷小藍」之類的，「報銷」之後最好還是要加一個句號。現在用鋼筆好像也只有簽名才用了，平時也不怎麼用，我才發現都好些年沒有用過鋼筆了，經常用的就是兩元錢一支的中性筆。不知怎麼的，我又想起了那支讓我難忘的鋼筆。

在我讀小學的時候，鋼筆簡直可以算得上是一種奢侈品了，特別是我們一說到英雄牌「包尖鋼筆」，眼睛總會一亮，彷彿現在說到筆記本電腦一樣。張恨水的小說《啼笑姻緣》中，樊家樹給沈鳳喜買了一支鋼筆，簡直是把鳳喜高興得跳了起來。那個時候，鋼筆代表著有文化，中學生身上別一支鋼筆，大學生別兩支，教授別三支，當然別四支的就不是博士生導師了，是修鋼筆的了。當時，我們對鋼筆有一種天生的敬畏，考試前也隨時要檢查墨水灌足沒有。那個時候寫字比現在重要得多，老師經常告誡我們說，你們的字寫好看一些，作文的分都自然要高一些。在我剛參加工作的那會兒，曾一度混進了全國青少年硬筆書法家協會，冒充過好一陣子會員，不過，那陣子對硬筆書法的確是癡迷啊。

　　有一次，一個朋友說你喜歡硬筆書法，晚上我帶你去結識一個人，我問他是誰，他卻笑而不答。弄得我非常之緊張，莫非是帶我去見一個高手，他會是誰呢？我顧不得想這些了，而是怕見了這個高人讓他失望。於是，一下午，我都在看關於硬筆書法的相關材料，作見面前的準備，簡直像是去約會一樣。我在設想，我們見面後，肯定會談到沈鴻根吧，肯定會談到王正良吧，肯定會談到梁錦英吧，肯定會談到林似春吧……當然我們也會順便批判一下龐中華吧。

　　晚上，朋友帶著我穿過大街小巷終於到了要見的人，外面很不起眼的房子，裏面裝修得富麗堂皇，我一進去，感覺有些手足無措的，沒有感覺到一點藝術的氛圍呢。朋友見我有些詫異，對我說，先坐下吧，今天我親家是專門想請你來教他寫一下他的名字的。弄了半天，才知道根本不是談什麼硬筆書法的。朋友的親家是村上的負責人，那些年靠賣土地發了，村上的錢也比較多，但他苦於沒有什麼文化，連寫自己的名字都顯得很吃力，但又不得不經常要簽個什麼字的。我在紙上寫上他的姓名，他就照著寫，簡直弄得像臨帖一樣，他寫完後，我要給他說一下那些地方還需要改進。如此反覆，也毫無進展，不過，他還是顯得興致勃勃的，對我也有點「高山仰止，景行行止」的味道在裏面。

　　他手中的那支派克筆，氣派、典雅，的確是一支好筆啊，我在心裏暗暗讚歎道。但那支筆在他手裏面，卻像一把鋤頭一樣，我看他寫得來頭上都滲出了細密的汗珠。教他寫了姓名，又教他練習了一會兒「同意報銷」四個字。一個晚上的時間，總算沒有白費，這七個字看起來還是有比原來好看一些了。看來他是讀懂了「工欲善其事，必先利其器」的。像小提琴家帕格尼尼那樣的

人可能是個例外，他在演奏會中，他有意將小提琴琴弦弄斷一根甚至二根，而依然用高超的技藝演奏繼續演奏。一個晚上就在寫這幾個單調的字中過去了，他的姓名，還有「同意報銷」四個字。雖然感覺有些滑稽，但事到如此，我也只好全身心投入。

出來後，走在春風沉醉的大街上，我也沒有埋怨朋友。畢竟感覺到還是做了一件有意義的事情。多年後我看電影《Like Mike》時，裏面有一個叫凱文的身材瘦弱的小男孩，就是因為穿上了曾經屬於球星喬丹的鞋，真的就靈魂附體了，成了技術嫻熟的隊員。我想，朋友那個親家也許是因為那支派克吧，居然也比較快就找到了一些寫字的感覺。

西安的詩人伊沙曾經寫過一首詩《索緒爾說》：「索緒爾說，筆就是我們的陽具，這是鳥槍換炮的時代。我們安然坐在一台台電腦身邊，為誰所騙？難道說我們已經變成太監？……」一晃很多年就這樣過去了，現在用筆寫字的時間少得多了。但我始終沒有忘記那支氣派、典雅的鋼筆。它筆身黝黑，透著一些高貴的氣質，那的確是一支好筆啊！

# 不一樣的童年

六一兒童節快到了。「兒童」真是一個讓人感覺天真無邪的詞語。有兩個老師看到兩個兒童撞門狂跑，其中一個忿忿地說：「沒有一點家教」；另一個則微微笑著說：「好可愛的孩子」。如果是我看了，我也會說：「呵呵，調皮的小傢伙」。不過，想到以後那些蠅營狗苟、勾心鬥角的事情還是由這些長大的兒童幹的，也未免有些心寒。但至少兒童時代是美好的。

六一前夕，一個很巧的機會，我竟然和同行的幾個人一起到了HY縣一個很偏遠的小學校：古路小學。對這個小學的報導和相關的描述，現在報紙和網上都有很多了，無須我再長篇累牘地翻來覆去說，也無須我在這裏撒下幾顆毫無作用的同情之淚，再說，那裏好像也不需要我們這一行人同情。我只是再次簡單描述一下，因為沒有去過的人只看描述也不太瞭解情況，語言的局限在於此。從山腳出發，我們向小學進發，路上遇到一個下山的中學生，他也是那個小學畢業的，他告訴我們還要走兩個小時才能到達學校。經過挑戰極限，我們也還是用了兩個半小時才走到了學校，有人走到半途臉色蒼白都不想繼續走了，因為路太危險了，如果不小心摔下去，下面就是萬丈深淵。沿途是如何的好風光，是如何的險峻，暫且按下不表。

學校的校長下山去了，我們只看到了一個編外志願者——從武漢過來的年輕老師小包，以及十多個還在學校的小學生。另一

個志願者女老師帶著三個學生到北京去接受魯豫的採訪了。因為是周日，學校沒有上課，但仍然有十多個學生圍坐在包老師的那台筆記本前看電影，聽一首歌，他們要排練六一的節目，據說要參加縣上的活動。學校用的是簡易的水池發的電，電壓很低，冬天就不能用，很多村民家還點煤油燈。聽說今年年底村裏才可以通電。

小包老師和我們聊了會兒，簡要介紹一些學校的情況。學校共有學生五十四名，三名教師，其中包括兩個編外志願者。小包說，很多人以為他在這裏受苦受難，其實他是把在這兒教書當成一種享受。問到他什麼時候離開學校，他沒有具體說時間，他只是覺得要讓學校的一切基本走上正軌時候他才離開。而我們問他，具體的標準是什麼，他坦然地說，就是讓這所學校消失，讓這裏的學生都到山下條件好的學校去讀書。向他致以最崇高的敬禮！那些孩子，穿著都很乾淨樸素，眼睛明亮清澈，不像城裏學校的孩子們打打鬧鬧，而是顯得很沉穩很懂事。小包說，他其實很討厭一些捐贈者一付高高在上、一付施捨的樣子，因為這裏的村民和這些孩子們都純樸得像一張白紙。我想應該是這樣：幫助別人是好事，只不過的確不能把幫助別人當成滿足我們虛榮心的一種東西。

學生準備排練的節目是男生小合唱《男兒當自強》。在小包來之前，這些學生跟校長申老師學的歌都是唱跑了調的歌，現在學生是聽筆記本電腦上放的歌，然後學著唱。對於這個學校，以及當地村民的生存狀態，我們都有著各自的不太切合實際的想法，我的想法是通過行政手段干預來移民，或者通過教育讓下一代人逐步走出大山。但說是這樣說，談何容易。彝族本來就是一

個山坡上的民族，在很懸的坡地上種莊稼，我們看著也感覺不可思議，但他們就是把莊稼種上去了。那些小學生，守著小包的那台筆記本電腦聽著《男兒當自強》，因為還有一台捐贈的臺式電腦因為電壓不夠用不上。此刻，他們是幸福快樂的，筆記本電腦對他們來說是個很新鮮的東西，可以看電影，可以聽歌。與外面世界的孩子們相比，他們的確有著不一樣的童年，但是童年的快樂是一樣的。因為小包這樣的志願者來了，學校被更多的人關注，這對學校是好事，但同時小包也擔憂，這樣可能也會影響了本地村民自然寧靜的生活。

小包在那兒教書是沒有工資的，他說他在那兒也用不了什麼錢，大米是朋友送來的，菜和肉是當地純樸的老鄉送的。他主要任務就是用心教育這些孩子，並讓外面的人給予這裏的孩子更多的關愛。黑乎乎的狹小食堂，就是他和學生們做飯吃的地方。學校有個小水管，孩子們渴了就直接喝管子裏的泉水，小包說孩子們喝了生水也沒事。

離開學校時，我想以後真的很難有機會再來了，我再次回頭凝望了這所特殊的學校，它是要走過懸崖峭壁才能到達的學校。它又藏在了大山的深處，但願這個學校如小包所說，幾年後它會消失，孩子們會在更好的學校上學。路上，耳邊隱隱傳來稚嫩的歌聲「男兒當自強」。真心祝願這些孩子們有著快樂的童年。再次向小包表示敬意，是他給大山深處的孩子們帶來了更多的快樂。

# 俄羅斯方塊

我一直對網路遊戲有一種排斥，比如我一聽別人說在玩什麼魔獸帝國、玩什麼連連看、玩什麼魂斗羅，我就有種本能的排斥，感覺那些畫面拙劣的遊戲，主要是那些成績不好的中學生玩的吧。這樣一說，你以為我從來沒有玩過這樣的遊戲，其實也不盡然。

我剛參加工作那陣，經常跑到L家裏玩，當時他們還住在單位分給的低矮的宿舍樓裏，樓道裏堆滿了蜂窩煤和亂七八糟的物什，給人一派蕭索的意味，那幾年也是單位處在很艱難的時候了，大家都有些精神萎靡，而這對我們剛剛走上工作崗位的人來說，不啻是當頭的一棒。我愛和L抽煙聊天，那個時候他家裏也買了台遊戲機，當時全國都風靡玩的遊戲機。於是，沒事我也愛打幾盤俄羅斯方塊，可能算是所有遊戲中最簡單，但也最有魅力的遊戲了。

我們幾個人輪流打，如果過了一關，上面還有幾個小娃娃出來跳舞表示祝賀，然後又屁股一扭一扭地走了。這款遊戲的魅力的確就是簡單，不動腦子，只是要眼疾手快一些。還有更主要的原因是，我們都覺得自己能過了一關還能過一關，但事實上，我們很快又會敗陣下來。別人打的時候，老希望看到「GAME IS OVER」，自己打的時候也總是感覺輸得太快，時間太短暫了，

這可以初步理解愛因斯坦的相對論。即使開局不行，也不可能說重新來，只有在逆勢中扭轉乾坤，於不利中化險為夷。

這種遊戲的特點是不難，但也不容易堅持很久。很多遊戲的設計者都是優秀的心理學家，他們深諳人性的東西。我不喜歡太複雜的遊戲，遊戲本來是應該輕鬆的，但太簡單了，人們又感覺索然無味。比如慈禧打牌，如果你讓了她，你得小心，她以為是你瞧不起她，但是如果你老是贏得了她，她也會發脾氣，最好的辦法就是輸贏各半，皆大歡喜。就如同買彩票，一次也沒有中，會讓人沮喪，偶爾的一次中彩會激發起更大鬥志。

很多年不打俄羅斯方塊了，有天我一個人在寢室看電視，無聊中發現遙控器上寫有遊戲字樣，我一按，居然把俄羅斯方塊按出來了。於是又喜歡上了這款遊戲。每天回寢室都要先打一盤俄羅斯方塊，以此來調整一下自己的情緒。有時候心煩的時候，很快就敗陣下來，所以，打這款遊戲，很能平衡、調整我的情緒，從而讓自己很快從不良的情緒中解脫出來。但我的規定是不管開局如何，都只能打一盤。所以，我特別珍惜這一盤。其實都知道這盤的結局還是超不過一百分。

原來，我也偶爾在手機上玩一下臺灣的麻將遊戲。因為有一次，我居然連續四局胡了清對，真是天助我也。從此我就再也沒有玩過那款遊戲了，因為我覺得，在本世紀，我是不會突破這個紀錄了，所以，沒有玩這款遊戲的欲望了。因為要突破，在理論上都不太可能了，更不要說現實中。

說了這麼多，你肯定很瞧不起我玩的這些低檔次遊戲。其實你們也別笑我，你們不是也玩開心農場玩得如火如荼嗎？其實我當年還是有志青年，反正當年的事情你也不知道，是不是有志青

年現在說都沒有任何意義了。有回到一個領導辦公室說事，他正在玩翻牌的遊戲，一下來不及關了，覺得有些尷尬一樣的。其實那一刻，我覺得他才像是個正真的人，還有些生活氣息的人，因為只要他上臺講話，他其實只是被我看成一個符號而已。我一下覺得我和他的距離都近了一些，也感覺他是一個值得親近的人和值得信賴的人。

正如我們說打遊戲的意義一樣，它本身的意義不容探討的，你只有去玩就行了。有人問：「偷了菜用來幹什麼」。答：「可以賣了獲得金幣。」再問：「金幣能用嗎，有實際意義嗎？」這樣問的人多半是沒有體會遊戲之樂，因為這裏的確不是現實中的農場和菜市場，它只是滿足了我們在鋼筋水泥架裏對傳統的田園生活的一種嚮往。不過，遊戲畢竟就是遊戲，只是不要被它俘虜成患強迫症的人好了。

莊子不是也說過嗎，不作無益之事，何遣有涯之生？有些工作狂，僅僅是把工作當成了一個個的俄羅斯方塊了。

# 默讀「竹海」

　　這就是宜賓的「蜀南竹海」，名符其實的「竹海」。

　　陽春三月，我終於走進了神往已久的「蜀南竹海」，走進了一個青翠欲滴的綠竹的世界。對「蜀南竹海」的神往，緣於那部獲得了奧斯卡電影獎的影片《臥虎藏龍》，電影中玉嬌龍和李慕白在竹林間穿梭往來，一場令人如癡如醉的「竹海打鬥」將中國武術的那種縹緲輕逸展現得淋漓盡。而也正是從那時起，「蜀南竹海」於我也就成了一個不可抗拒的誘惑。現在終於真切地走進了長寧縣與江安縣毗連的萬嶺青山上了，聽不到人語的喧嘩，我們一行幾人彷彿是幾尾魚一下就游進了竹的海洋。

　　置身於這海洋，除了一聲的長歎，我發現所有的語言和辭彙都有些無能為力了。看來遊覽竹海是適宜默讀的，人語的喧囂會打破這「海洋」的寧靜。我們順著那由苔蘚鋪就的小徑，開始默讀這迷人的景觀了。竹是容易讓人傾情的，「荷風送香氣，竹露滴清響」、「竹喧歸浣女，蓮動下漁舟」……遊走在這竹的海洋裏，不能不聯想到這些有關竹的詩句和詩人們對竹的一往情深。據說，北宋的詩人黃庭堅看到竹海時情不自禁地稱讚：壯哉！竹波萬里，峨嵋姊妹耳。他還興奮地在石壁上書寫了「萬嶺箐」三個碩大無比的字。後來人們為了紀念黃庭堅，將這三個字分拆為兩個名字，分別命名於竹海內的兩個鎮——萬里鎮和萬嶺鎮。遠

遠地我還能看到那幾個大字，時光彷彿停滯了，這片竹海是黃庭堅遊覽過的嗎？

　　默讀竹海，竹海的美在於它的簡單，在於它的靜美。簡單也是一種美，它不是單調的別稱。「蜀南竹海」沒有太多的傳統文化的負擔，它是大自然給我們的寧靜饋贈。忘憂穀是我們進入竹海的第一個主要景點，它是一條悠長的山谷，這裏主要生長著許多楠竹，既密且壯，整個山谷讓人感受了「鳥鳴山更幽」的異趣。我們走在九曲回腸似的小徑上，或躺在軟綿綿的竹葉上，聽那瀑聲鳥語，一切都會讓人內心感受到平靜，憂愁不復存在。這裏生長著漫山的楠竹，也還有烏竹、羅漢竹、觀音竹等。春雨初歇，群竹清氣浮浮，無意間好像便會沾上一臉的水氣，還帶著些雨後的清新味。竹海的竹子或互抱成叢，或縱橫交錯，或翠接雲天……遊走在竹海裏，靜聽那竹音，如同是大地律動的回音，就如同聽到了大自然親切的呼喚。我慶幸這裏沒有如織的遊人，否則，他們肯定會擾亂這片寧靜的，我有些自私地這樣想。忘憂谷的楠竹粗壯而密集，遮天蔽日，風聲、水聲、鳥聲，襯托出竹海無比的寧靜。溪水流過，像是一支極具抒情意味的交響曲，節奏舒緩而歡欣，音韻那樣清響、意境那樣空靈，給竹海增添了無窮的情趣。沿路的小溪水不斷豐腴起來，「茂林修竹、清流激湍」，王羲之可能就是在這樣的環境中寫就《蘭亭集序》的吧；沿路的小溪又像是從雲端下凡的仙女，長髮縞服，素面朝天，端坐竹下，臨流撫琴，讓每一個人都肅然動容，側耳靜聽，生怕破壞了這份寧靜。生命過於疲憊，心何以堪？置身其間，真想找個地方坐下來，讓平日的疲憊在此得到完全的放鬆。可能再沒有比這樣的聲音更加讓人沉醉了，真想是「來此絕境，不復出焉」。

默讀竹海，我的思緒已飛縈在那片綠色的海洋上了。我還記得畫家范曾筆下的竹林七賢，那種狂放自得，那種無拘無束，好像也只有以竹為背景才是最為和諧的了。他們放曠不羈，常在竹林之下酣歌縱酒，一種游離於天地間的超然感，讓他們在微醺的境界裏神游四海，樂而忘憂。竹林七賢，他們也許是世間上最懂得享受生活的人了，他們把喝酒的地方選擇在了竹林中，酒至酣處，忽見群竹婆娑起舞，搖曳不已。而如果他們面臨的不是竹林而是竹海，那又是何等的快意人生。他們或許就藏身於這竹海中吧，他們是不是一醉千年了？還是別驚動了這些竹之子吧！沒有什麼顏色能比這綠更能俘獲人心了，竹海就像是東山魁夷筆下的一幅畫，靜穆卻不失其靈氣，也同樣可以讓人產生浩大的生命氣象。我自己也被這竹海的綠深深地震撼了，我也彷彿醉了一般，醉是一種忘情，它撫慰了我躁動的靈魂，猛然間生出了一種徹底的放鬆，真的有些讓人不戀今生不思來世了。竹是經典的植物之一，蘇東坡有詩：可使食無肉，不可居無竹。「蜀南竹海」的竹是美麗的，當我行進在這片竹的世界的時候，劉禹錫寫的《庭竹》詩自然而然地脫口而出：「露滌鉛粉節，風搖青玉枝。依依似君子，無地不相宜」。我感覺到了竹之所以能夠得到那樣多人的喜愛，是因為它代表著一種清雅高尚的生存狀態，彰顯著無可比擬的高貴品格。

走出了山門，我還不捨地數度回首。結束了這令人銷魂的美的歷程，我的心卻彷彿已留在那片竹葉搖曳、流泉飛瀑的竹之海洋。

# 遙想古道

一

古道，是作為一種特殊的意象留存在我心中的。彎彎的古道像永遠也拉不直的意象，聯結著過去，牽繫著未來。

提起古道，就讓人想起羈旅行人的勞苦與悵惘；提起古道，就讓人念起遙不可及的遠方與別離。「長亭外，古道邊，芳草碧連天，晚風拂柳笛聲殘，夕陽山外山。」一條曲折的古道，也同樣是可以用來被聆聽的。「枯藤老樹昏鴉，小橋流水人家，古道西風瘦馬，斷腸人在天涯」。馬致遠的這首小令，一樣在歌詠著離情傷恨，古道西風瘦馬，此情此景，令人腸為之結。

二

遙想古道，特別是對茶馬古道的遙想，總讓人有一種隔世離空、不知身在何方的感覺：既有對已逝往昔的緬懷，也有對未來的猜想，隱約中含著幾許的期待與嚮往。

所謂的茶馬古道，其實也就是馬幫之路，主要的兩條茶馬古道中，有一條就是從雅安出發，經瀘定、康定等地到達拉薩再到尼泊爾、印度。

說來慚愧，我一直對茶馬古道知之甚少。是的，我還從未真切地踏上過那條經過家鄉的茶馬古道，也許它們曾出現在我的視

野範圍之內，但我也沒能親眼看到過那些耳熟能詳的、那些拐杖在石板上留下的圓坑。然而我並不為此感到太多的遺憾，我更喜歡把茶馬古道作為一種未曾謀面的朋友。

我甚至固執地這樣認為，當我眺望著家鄉的山時，當我經過那些不知名的村莊時，我知道茶馬古道就在我的眺望中，茶馬古道就在我的經過中，只是它默默不語。我也固執地認為，一些事物，它們雖客觀地存在著，但我更願意它們在我的夢中，如多年前去過的村莊，它永遠還是那樣的村莊，未曾改變，它定格在一個人的夢中。

### 三

西去的馬幫，駄著沉甸甸的貨物和牽掛出發了。生命的最深處，響起了一片清悅的鈴聲。

古道上的送別，讓古道成為了當時人們日常生活中最重要的公共空間之一。人們在這兒作別親人和朋友，在這裏為愛侶送行。這裏是相思的起點，也是擔憂的開始。不管歲月如何的磨蝕，茶馬古道上雖然歷盡艱辛卻也不乏溫情與浪漫。

我們看似幸運地生活在一個高效的時代，這是電話、手機、電腦、汽車空前普及的時代，日益發達的交通不斷地削弱著我們對遠方的想像，許多地方只是高速路出口的一個地名，一閃而過。那首東方小夜曲中歎惋的「可惜沒有郵遞員來傳情」，則成為一種現代人怎麼也不相信的神話。

現代科技的發展卻打破了這種詩意的話別，這真是一個悖論。懷念那種話別固然有些矯情，但茶馬古道作為一種經典的離情別意的意象卻會長久留存心中。

## 四

現在的茶馬古道，無疑是一個寂寞的所在。雖然它曾經熱鬧過，青春過，豐盈過，雖然它周圍的山川、樹木、田疇一如既往地美麗著。

有時候，我長久地坐在河邊，想像著作為古道之一的茶馬古道，當年是如何的人聲鼎沸。那是一條歲月與人生的道路，它被背夫的汗水浸透過，它被背夫的杖柱丈量過，卻沒有人知道它究竟有多長。古道上，人們艱辛行走，卻沒有太多的仇恨與痛苦，背夫們有著古銅色的臉，內心了無纖塵。路途雖然漫長得幾近讓人絕望，但所有的希望與企盼都有著實現的充分依據。

同樣，它也不僅僅是詩意的，邊聲搖落寂寞，險谷拒絕牧歌。它的下面也埋著層層疊疊的屍骨、痛心的呻吟、絕望的呼叫與哭泣。數以千計的亡靈被這個人間拋棄，被遙遠的人們遺忘。

## 五

在歷史的洶湧潮流中，茶馬古道是一個美好的名詞，現實中卻也可能毫不起眼，或者說，它本身就只是羊腸小徑而已。

張愛玲說，我們總是錯過一些人，錯過一些地方。我錯過了茶馬古道嗎？我們只是坐在沿江的茶樓裏，談論著那條我們很多人並沒有親自踏上的道路。而對我這樣的人來講，我更願意把它作為一種充滿詩意的意象保留在心中，讓它繼續詩意地活著，伴著虛靜的霧嵐，血色的杜鵑。

有時候，我們以為自己走得很久很遠，其實，我們也不過是轉了一個圈，又重新回到了起點。而那些延伸到遠方的古道，如當年鐵路帶給我對遠方的遐想一樣，讓我繼續對遠方充滿種種

憧憬。遠方，這是一個令人浮想聯翩的詞語，而古道作為一種載體，是否在當年也完成著人們對遠方的一種渴望。

茶馬古道，經過了歲月的風風雨雨，可能一些已被荒草遮掩，它那滿是落寞的臉上已尋不到當年少時頑劣的痕跡了。也許，我們對古道的一些追憶與想像，正是一種對自己人生中已逝時光的刻骨懷念而已。

六

茶馬古道，現在歸於平靜，隱於無聲。有時候我甚至希望人們不要去驚動它，打擾了它。它累了，應該好好休息。

世界之所以大，是因為人們的漫遊與遠航而方顯世界的遼闊。那些曾吃力行走的背夫們，在古道上是如此渺小，甚至茶馬古道在大地上看起來也是如此的渺小，但他們行走於茶馬古道，行走於遼闊大地，卻讓人感到步履是那樣的堅實沉穩。

也許它只是一條小道，但它為我們提供了一種視角。如同一首抒情的長詞慢調，有著自己的情緒與脾性，有著自己的呼吸與質感。

茶馬古道，在這片蒼翠的土地上試圖片丈量出歷史的深度。於是，我心中的茶馬古道又一次融入蒼茫暮色裏……

第二輯　門外亂彈

# 關於公文

　　我想再沒有一種東西像公文這樣直接影響我的生活了，很久就想寫一點感悟公文的文字了，卻不知道從何說起。寫下標題，才發現居然是用了公文標題中最常用的一個詞語「關於」，不禁啞然失笑。看來，的確是「中毒」不淺。

　　以前怎麼也不曾想到自己日後會成為一個與公文關係這樣密切的人，幾年過去了，諸如通知意見決定總結調研報告講話等等，幾乎是什麼樣的公文都涉獵過了，沒有寫過也看到過了。記得剛到辦公室工作時，辦公室的一領導深有感觸地對我說：「你要對寫公文有一種思想上的準備，世界上有兩種人最痛苦，一種是蹲大獄的，另一種就是寫公文的，而尤以寫公文的最為慘烈」。而今，那位可敬的領導已英年早逝，留給人無盡的感歎。我經常這樣想，他的死肯定與公文有關：多少個挑燈夜戰的日子，多少個改了又改的稿子。每次走在辦公室空曠的走廊上，我就已經聞到一股濃濃的公文氣息，它是那樣強烈地刺激著我的每一根神經，有時候使得我艱於呼吸視聽。卡夫卡曾經在他的日記中寫道：寫作與辦公室是相互排斥的，寫作的重心在深處，而辦公室則位於生活的表面，似這般忽上忽下，人終將被撕成碎片。但我不敢說我領受著這樣的傷害。

　　寫公文首要的任務是讀公文，「若不仰範前賢，何以貽厥後來」，學習公文格式、學習公文語言。讀公文最怕的就是公文太

長，長得來令人有一種快要窒息的感覺，但據說篇幅的長短與理論的深度是成正比的，所以許多不甘於被別人認為理論性不強的人在不斷地炮製著長文。我讀過的公文最長的達九十多頁，一邊讀一邊佩服公文寫手的妙筆生花，不過經常是讀完後面的就已經把前面冗長的關於重要性和必要性的內容忘得差不多了。於是，不由自主地想起了明朝的朱元璋，他曾喝令手下將寫奏摺寫得過長的大臣茹太素痛打一頓，想著也覺得老朱挺可愛的。於是，不由自主地想起了曹操，他曾將挑戰書寫得那樣從容自如、簡潔灑脫：「近者奉辭伐罪，旌旗南指，劉琮束手。今治水軍八十萬眾，方與將軍會獵於吳。」真不敢想像，如果在今天會寫成什麼樣子。於是，不由自主地想起了雄才大略的毛澤東，他在簡陋的指揮部裏親自草擬文稿並自豪地說：我們用文房四寶打敗了蔣家王朝。

然而於我來說，寫公文一般不會生出那種指揮千軍萬馬縱橫捭闔、運籌帷幕決勝千里之外的感覺，最多不過有關起門當領導的感覺，更多的則是心懷誠惶誠恐之意呈上所寫公文，像犯罪嫌疑人一樣等待威嚴的法官最後的審判。一旦得以過關，便如釋重負；一旦聽到「重新來過」，便猶如晴天霹靂。有時候看到所擬文稿被改得面目全非，頓有一種被灼傷的感覺，但又覺得至少還沒有被全盤否定，於是又生自得之意；有時候看到自己認為滿意的段落被悉數刪去，猶如心頭之肉也被剜去，一陣痛意會襲遍全身。總之，自己的那點微不足道的寫作自信心經常要承受種種的打擊，也就是在這樣種種的打擊、摧殘下，別人會說你是「茁壯成長」了，才深刻理解不經歷風雨哪見彩虹。寫公文，語言依然要開拓創新，與時俱進，但創新也須在「句句有出處，字字有

來歷」中創新，從「工作依託」到「工作載體」，從「工作著力點」到「工作抓手」，不一而足，雖然至今我也沒有從詞典中得到「抓手」的具體含義，但上級公文中可以這樣用，我們也可以這樣提吧，於是公文語言在看似創新中不斷變換翻新。也感覺公文並不像人們所想像的那樣刻板無味，至少還有像「抓手」這樣的詞語讓我們對公文語言創新有百倍的信心。

由於與公文長時間打交道，諸如新月、秋潮、涼霧、殘荷、黃昏、大漠、錦瑟、落葉、長亭、古道這些富有詩意的字眼都好像在我的詞典中缺席了，取而代之的是另一些關鍵字，而我沒有辦法認同一個缺乏詩意的世界。於是，在我的辦公桌上除了公文，還多了些詩歌集。忙裏偷閒時也想避開一下公文的味道、公文的氣息，呼吸一些詩歌的浪漫、詩歌的情懷，但堅守這樣卑微的夢也顯得不夠現實了，只好把自己的靈魂暫時存封起來。有時候面對公文，我在想：那個曾經也在日記本中寫過飽含激情文章的熱血青年，漸漸地變成埋頭寫作公文的卑微的寫手，也許就是人們常說的滄海桑田吧。

# 不想聚會

　　我越來越發現自己是患上自閉症了，因為我越來越不喜歡參加一些所謂的聚會了。

　　人是需要交流的，因為人是社會的人。有一個民營企業家到中央黨校短期培訓後，在填寫收穫欄時寫到：培訓期間認識了很多人，真是不虛此行。人的交流產生關係，而關係有些時候就意味是生產力，就意味著是資訊甚至是商機。但是就像現在的很多人不喜歡從事體育鍛煉，卻喜歡網上的體育遊戲一樣，我們很多人雖然喜歡交流，但更喜歡在這種網路世界裏交流。交流是需要對象的，隨著網路的發展，人們的交流方式變得如此便捷，然而我們現實中的一些交流卻存在著一些從未有過的尷尬。

　　社會的發展，已將人徹底分成三六九等了，雖然沒有明顯的標籤，但是從人們的衣、食、住、行，人們已經自覺不自覺地把自己歸入其中的一類了，而交流也隨著這種自然的劃分成三六九等了。所以人們常說，看一個人，看他的朋友是些什麼人就知道他是什麼樣的人了。從某種意義上說，這也是由經濟基礎決定的，「小資」與貧民沒有實質上的交流了，即使他們血緣上還有一定的淵源，因為大家在一起沒有什麼話可說了，各人關心的問題也毫不相干。相比而言，平民的交流顯得更為單純一些，他們一起吃吃麻辣燙，打打小麻將，談天說地，擺些龍門陣，沒有太多利益的糾纏，沒有太多的不平等在裏面。大家其樂融融，好

不快活。而「小資」的交流有太多的金錢氣息，人間氣味少了許多。

　　剛參加工作時結交了幾個狐朋狗友，一直是我最好的朋友。那種不分彼此，相互熟稔，現在回想起來，都還很溫暖我的心。雖然現在接觸的時間比較少了，但偶爾的一個短信，偶爾的一個電話，也會讓我重溫快樂的往昔，時空的距離也沒有影響我們友誼的純度。而同學的聚會，是感情最為真摯的聚會，同學情亦如戰友情一樣是最值得珍惜的感情。不過，讓我們看看《中國式離婚》中描繪的同學聚會吧，那裏面也是充斥了算計，充斥了太多的庸俗東西：可資利用的資源是要儘量利用的，並且是打著同學聚會的幌子。那樣的同學聚會，也成了一種顯示。這一切最終還是會讓參與者感到了厭倦。近年來，除了參與公務上的一些應酬外，我最多的就是和幾個朋友的聚會，也是很私人化的聚會，最輕鬆的聚會。平等、輕鬆、無所顧忌，朋友間的聚會真正讓我體會到「吃飯最重要的不是吃什麼，而是和什麼樣的人一起吃。」

　　公務聚會的種種的尷尬不說也罷，經常是端著酒杯，對著某些人說些虛偽的和自己都不相信的恭維話，最要命的是最後一句：您隨意，我幹了。每次喝完酒都後悔，可又顯得有些無奈。另一種私人聚會是，偶爾接到一個很久未唔面熟人的電話：你在哪裡？快過來吧，我們等你。接到這樣的電話，很難拒絕的，說我忙吧，我既非領導也不是商人，不會日理萬機也沒有繁忙的業務；說不去吧，又顯得能力不大架子卻不小，只好硬著頭皮去。聚會間，熟人多年不見，寒暄過後，經常會說：等你以後發達了拉兄弟我一把。天哪，雖然是玩笑，別人也不會真的要我拉一把，其實往往很多時候倒是我需要他們拉我一把，但因這些話使

得整個聚會也變得索然無味，因為我看到了自己的「小」。這種
聚會有時竟讓我產生不知身在何方的感覺？觥籌交錯、歡聲笑語
中，一種孤獨的感覺不斷在心頭湧起。有時候真的感覺還不如在
家裏，清茶一杯，好書一本，腳可以隨便亂蹺，手可以隨便亂
擺，不說不想說的話，不喝不想喝的酒。真的是無比愜意，大有
「人生至此，夫複何求」的感覺。

　　就這樣，我的自閉症越來嚴重了。看來，聚會，真的是為了
告別。

# 緬懷書寫時代

　　這是一個電腦「橫行」的年代，各行各業好像都躲不開它張牙舞爪地迎面撲來。兩眼死死地盯著顯示幕，手指本能地敲擊鍵盤，這已成為現在大多數「上班一族」必做的功課，十天半月不用鋼筆寫字也不會感覺到少了些什麼，反而在用鋼筆書寫時顯得手有些僵硬了，像是在使用一件冷兵器時代最重的兵器，無法得心應手地使用。我緬懷用鋼筆書寫的時代。

　　經常，在一個個陽光明媚、清風拂動的休息日，我愛翻檢往日留存的信件，那些差不多快要成為「古跡」的來信，它們依然在撩撥著我的心弦，我固執地還是想保留著這些字跡或拙樸或清新的信件。我可以想見那些書寫者當時是如何地伏案疾書的情景，當時是如何的陽光明媚、如何的惠風和暢。有時候，真的不敢想像，這些彎曲、挺拔的線條竟然可以表現出氣象萬千的人生種種，悒鬱愁悶、輕鬆歡快等情緒都幻化為人生的影像留存，那些線條也暗合了寫信人的種種性情。

　　以前用鋼筆寫信件時，我習慣用行草，這樣既可以直抒胸臆，達到「信手拈來，醉抹醒塗」的暢快，又可以一任自己的思緒也飛揚起來，不受任何約束；用鋼筆寫文稿時習慣用行楷，這樣便於別人看得清楚，認得明白。每一次揮筆都如同在經歷著一種精神的遊歷，每一次揮筆都彷彿在和紙張作一種默契的交流。電腦打字卻是一系列機械的動作，思緒也跟不上有些本能的動

作，而印表機中徐徐吐出字跡千篇一律的稿子，則宛如一條機械流水線上生產出來的產品，除了整齊劃一，人的心性的敏感易變在列印稿紙中是找不到半點痕跡了，更遑論通過列印稿來感知與體味那種「長風撫林、微雨濕花」的書寫美了。我珍藏著一幅已逝的宗教界著名人士趙朴初手書的便條影本，沒有事的時候，我經常將這幅字拿出來把玩一番，那是他在一次大病初愈後寫給一家雜誌社編輯的信函，短短的幾十個字寫得隨意自如、超然物外，讓人充分體味到一種如沐春風、如行山道之美。看看那些字，忍不住要發出餘秋雨看了王羲之和王獻之的字時曾經發出過的感歎：用那樣美妙絕倫的字寫便條實在是太奢侈不過的事情了。

現代社會中，很難得為那些優秀的書寫者提供大顯身手的機會了。一個剛剛畢業的大學生到一家企業求職，當他被問及有哪些特長的時候，他有些自豪地說：硬筆書法。面試的考官冷若冰霜地對他說：我們公司除了老總用鋼筆簽字外，其他人沒有多少用筆寫字的機會。清代的紀曉嵐在他的著作《槐西雜誌》中記載了杜訥寫字能做到「剪方寸紙一百片，書一字其上，片片向日迭映，無一筆絲毫出入」，我們不得不驚歎於杜訥的書寫技藝，可是不管怎麼說，杜訥的手寫體還是趕不上列印體整齊劃一了，字體、字型大小、行間距都可以自行設置，杜訥在世也恐怕只有「當驚世界殊」。每次拿著餘溫尚存的列印稿，不得不嘆服電腦輸入列印的確是一種高效的手段，用鋼筆手寫，即便是用黃若舟先生的漢字快寫法，也確實是趕不上五筆輸入的速度了。一張紙一支筆，任由筆尖在既柔軟又光潔的紙面上滑走的那種感覺、那

種美好的寫作經歷，已差不多成為遠逝的夢境了，隨著電腦時代的來到業已消失。

其實，我不是很喜歡電腦，但是現在卻又不得不把很多的時間交由這種冷冰冰的機器來處置，就像作家蘇童說的「僅僅是為了所謂的效率，為了跟上時代莫名其妙快步狂奔的步伐」。我還是經常能夠記起小學時，剛剛得到一支鋼筆的那種愉悅和興奮。而現在更多的時候只能通過留存的那些信件和一些影本來緬懷那種線條的透迤、張揚、延伸了。

為了讓我的緬懷來得更為徹底一些，我每天中午在吃過午飯後，都要掏出那本從小學就一直臨摹至今的《林似春鋼筆書法》，像個小學生一樣打開作業本再次認真臨寫一頁，權作是對用鋼筆書寫時代無可挽回地衰亡作最後的祭奠了。

# 看音樂

　　不懂音樂，但卻喜歡看音樂節目。正如，對一些作家的作品不太熟悉，但對作家的身世際遇卻常常感慨萬端，真不知道這是不是買櫝還珠的行為。我常常把自己不懂音樂歸咎於，年少時父母沒有送我到少年宮之類的地方去接受早期的音樂教育。雖然年少的我生活在一個寧靜的小縣城裏，居然也無師自通地學會了一些小樂器，但是音樂夢永遠只是一個遙不可及的夢想了。說來可笑，我看一些音樂家演奏一些曲子時，經常被演奏家的那種投入，那種物我兩忘的陶醉表情所打動，甚至超過了對樂曲本身的關注。

　　看李傳韻拉小提琴，他經常是雙眼緊閉，彷彿他已感受不到其他的存在了，只是在流淌的音符裏隨波上下翻飛。拉到激烈處，他動作幅度之大，真擔心他把弦弄斷了。李傳韻自己也說，在他奏出火花的時候，能聽到觀眾呼吸的聲音，能感覺到這種心靈上的感覺。音樂對李傳韻來說，像水一樣那麼重要。看他，感覺他長得像個弱智兒童一樣，但其實他是一個天才型音樂家。也許人在專注於某一方面的時候，他就對其他渾然不覺了，一切都不是重要的事情了。音樂就是他的全部，就是他的一切。

　　國際頂尖的旅美華裔大提琴家馬友友，曾獲得過14次葛萊美獎。看他拉大提琴也是一種享受，說他如癡如醉，一點也不過。本來，大提琴拉出的曲子就有一種傾訴感，像嗚咽的江河。作家

阿城說：「演奏家，尤其在演奏浪漫派音樂時，都控制不了他們自己的面部表情。」馬友友在演奏時，經常是雙眼微眯，嘴角微微地撇著，身體隨著音樂聲音起伏，前俯後仰。平和，這是看馬友友拉大提琴的最直觀的感受。馬友友認為音樂本身並不能改變人，瞭解音樂所固有的價值觀卻能改變人。如果什麼時候，我們做喜歡的事情也能達到馬友友那種物我兩忘的境界，也許我們才能真正感受到世界的美好。而那個時候生活也就不僅僅只是責任，不僅僅只是義務，不僅僅只是緊張，而是一種享受。

看青年鋼琴家李雲迪的演奏，真正體會到了什麼叫行雲流水。看他演奏浪漫派鋼琴協奏曲目，感覺世界是如此明朗，什麼名與利啊，什麼愛情與陰謀啊，都不復存在了。不過，他不像李傳韻說的，音樂於他來說是生命的重要元素，李雲迪說的，如果他有孩子，他肯定不會讓他學習音樂，學習鋼琴，因為太苦了。但是從他的演奏來看，苦與樂是辯證的。沒有機械的訓練，就沒有行雲流水。看演奏，可以看得出演奏者的投入程度，也喜歡看他們那種投入到極致的神態。

看閔惠芬和宋飛演奏二胡的一些曲目，也目睹了她們滂沱四泣。我想，她們真的也被那些音符打動了吧，如泣如訴，如縷不絕，她們也不能自抑了。那一幕幕都定格在我的腦海中，讓我感受到了音樂的力量，音樂的偉大。不懂音樂，但是我在努力看音樂，感知音樂。

# 那些文字，那些人

　　無端地，總愛想起一些人，因為他們的文字，因為他們的際遇。那些人早已灰飛煙滅，不知所終，僅僅通過他們留存的文字讓人感覺到他們真實的存在，一個個鮮活的生命個體或許本來就從未消失過。文章為「經國之大業，不朽之盛事」，古人亦知「雁過留聲，人過留名」，想來也殘酷，那名也竟然就是幾個文字罷了。在世俗人的眼裏，名有何用，百般虛名不如一利之用。那些人，在文字中竟然可以耗盡其一生，他們有些搞文字遊戲，有些書寫真性情，有些無怨無悔，有些半道而廢。

　　高中時，曾經讀過新月派詩人朱湘的一些文字，很喜歡那些精美的文字，當時手抄過他的兩首詩作。後來才知道，朱湘的一生相當悲慘，好像是老天故意在逗這些玩弄文字的一樣的，不然，這些人就寫不出什麼東西了。朱湘與徐志摩等人一輩子也沒能成為朋友，可能除了文人相輕使然，或許還有更為深刻的原因吧。朱行為怪誕，愛模仿屈原在江邊行吟，最後也學習屈原投江自盡。在別人的眼中，這個人就是個瘋子。朱湘自己也說，文章誤了他一生，為了那些文字，他家沒了，愛人沒有，朋友沒有了。我們可以想見他在江邊時飲盡的那份孤獨。「文章誤我一生」，這就是朱湘最後的話了。

　　與朱湘不一樣的是李金髮了。他早年也參加了文學研究會，有機會見到當時的文壇鉅子：沈雁冰、傅東華、葉紹鈞、趙景深

等人。可以想見當時李作為一個文學愛好者，見到這些文壇鉅子是何等的景仰。但是隨著與這些人的交往，李金髮慢慢發現，這些文壇鉅子其實都是亭子間可憐的寒士，其出路也可想而知。於是，這位「印象派」詩人李金髮與文字便是若即若離的關係了，慢慢也是棄文從政從商了。文學不過為其消遣之物罷了。記得在學校讀書時，老師愛頭頭是道地分析李金髮寫的《棄婦》詩，讓我等佩服得五體投地，覺得這樣晦澀的詩句怎麼就讀不出別樣的味道來。後來據李金髮說，他寫的那些所謂的印象詩，全是寫著玩的，別無深意。我們倒是被他幽了一默。相比而言，顯然李金髮的生活是快樂的，而且重要的是他的名字也在現代文學史上留下了一筆，那一筆對弄文者來說是多麼奢侈的一筆啊。

文章豈能兒戲。路遙說，聰明的人是不會來搞這「文章」活計的，他如吐絲般的春蠶，在寫出了巨著《平凡的世界》後竟然撒手而去。他是一個真心對待文字的人，是以血寫文字的人，像一個忠厚的陝北老農一樣，默默勞作。而喝過洋墨水的王小波，文章中的睿智恐怕也讓上帝驚恐，不如將他早早收回天國。如果讓他們有重新選擇生活的機會，他們還會選擇文字嗎？他們還會鍾情於文字嗎？他們還會無怨無悔於當初的選擇嗎？「文章誤我一生」，朱湘不選擇文字，他還會在江邊像一個瘋子一樣為人所不恥嗎？他們覺得自己活得精彩嗎？他們在留給我們一份份精神的糧食後，為什麼又有很多人走近瘋狂的邊緣。這是上帝跟文學家們玩的什麼把戲？

沈從文是個從鄉下來的老實人，他說：我對這個世界沒有什麼好說的了。也許那些人都會這樣說，因為他們要說的，都寫成文字了。是沒有什麼好說的了，我也只有姑且說說罷了。

# 莫笑它無知無覺

魯迅說，好詩在唐代就被寫完了。雖然此話極盡誇張之能事，但也足以說明唐代的確是一個詩歌高度繁榮的時代，那的確是一個眾星璀璨的時代，白居易寫了詩還要念給老嫗聽一下，以便修改得通俗易懂，那是一個後來的文人可望而不可及的時代。

連太監高力士在流亡的路上也能寫出幾首像模像樣的詩，借薺菜而發人生的感歎。詩成了詩人們的一種生存狀態的折射體，就是一些綠林好漢也對詩人尊敬有加，詩人李涉在江上遇盜賊，當盜賊得知李涉是詩人、是太學博士，盜賊索詩句「暮雨瀟瀟江上村，綠林豪客夜知聞，他時不用逃名姓，世上如今半是君」而去，還給李涉留下一些財物。而現在，我們一說起詩人，彷彿那只是一個笑話，彷彿是在說起一群四體不勤，五穀不分的人而已，彷彿是在說起不修邊幅、落拓失意的人而已，彷彿是在說起目光呆滯、精神恍惚的人而已。

說到詩，我讀詩的興趣遠遠超過了寫詩的興趣，一是沒有寫詩時一瀉千里的衝動，也沒有那種撚斷數莖須的苦吟的韌性；二是才力不逮，悟性不夠；三是因為魯迅都說過那樣的話了，再寫也不過是做些無用功罷了。據冰心自己說，她最喜歡的書之一就是《唐詩三百首》，無論何時何地，只要她手握這本書，她就會沉迷於中，就會讓自己靜下來。我也搜集了很多個版本的《唐詩三百首》，每次靜心來讀時都彷彿會感覺到，所有的文字都會翻

翩起舞，而且會升騰起溫暖的氣息縈繞我左右。「晚來天欲雪，能飲一杯無」，這樣的詩句真的明白如話，卻又真的感覺到人間的溫情脈脈和一種詩情畫意的生活。如此種種，不一而足。

　　這些天，工作的時間在不斷地加長，心力交瘁，面有菜色，回到住處，往往已是疲憊不堪，但一時卻也不能入睡。我想有時候不能因一些芝麻小事耗費我太多的精氣，要想博得每個人對你的好感，那是不可能的事情，而且也是沒有必要的事情。正如唐詩這樣的文字精品，不是每個人都懂它的價值的，在有些人眼裏，它們不過是腐朽的文字，是毫無作用的東西。最多不過也就是教小孩子的床前明月光春眠不覺曉而已。睡前讀幾首唐詩，的確算是一種很好的調劑，讓原上的草、南飛的雁、北漂的萍、山中的柴扉、天街的夜色，再次撥動心底的詩弦。馬克思也說過，讀詩是做精神的體操。也彷彿只有這樣，才能讓我日漸乾涸的心靈得一些滋養，還不至於田園將蕪胡不歸。

　　邊看邊胡弄幾首，這才是真正的腐朽的文字，但也權作是做了一下精神的體操：

　　　　北風吹來南雁渡，漂泊異鄉尋無處。
　　　　無情最是笛聲殘，橋頭猶見老樹枯。

　　　　　　　　　　　　　　　　　　　　　　（之一）


　　　　獨上西樓醉晚秋，孤雁長哀江自流。
　　　　水天相接暮色至，明月素輝惹人愁。

　　　　　　　　　　　　　　　　　　　　　　（之二）

　　老托爾斯泰從二十歲就開始記日記，一天也沒有中斷過，真的是太厲害了啊。連雷鋒這樣的人，做了好事從不留名的，卻也把這些事情記在日記本上了。可見寫日記是多麼的重要。呵呵。不然，我們還真不知道他做了那麼多的好事。

　　好了，我要早睡早起身體好，我要把日子過得像唐詩一樣平滑，像唐詩一樣率真，像唐詩一樣溫情……從明天起，我要努力地做一個幸福的人，我沒有柴可辟，沒有馬可餵，我只有努力工作，輕鬆休閒，吃紅燒的豬肉，喝枸杞泡的酒，玩一下俄羅斯的小方塊，讀一下唐詩三百首……

# 你來幹

　　現在的世界越來越雷同、也越來越個性化，真是一個奇怪的現象。這個日趨一致的社會：每個城市的建築是相似的、超市的食品是相似的、各頻道的電視節目是相似的，連應該個性化的藝術品也是相似的。還有什麼能讓我們的聽覺和視覺不疲勞呢？人人又都在力求與眾不同，人人都在力求別出心裁，不信你就隨便聽一下周圍的手機鈴聲，聯手機鈴聲也正在反抗著日趨一致的社會。

　　茫茫人海中，每一個人都像是匯入大海的一滴水，誠如哲學家說的，人離開了「人群」就不能成為人了，連那個在孤島生存的魯濱遜還得有個叫「星期五」的人來陪伴他。但是人如果沒有時不時地離開人群，他就成了大家」，他的面目模糊起來了，就會離自己漸行漸遠了。這是一個讓人的個性充分張揚的時代，每個人都可以說，我以為，我這樣認為的，我覺得，我的意見是，而不是像以前總是說我們如何。張承志也承認，藝術就是一個人反抗社會。

　　工作學習生活都顯示出前所未來有的個性化色彩。說到這個不得不提一個事情，可能是由於發過幾篇不成樣子的小稿子，老是有人說，你幫我看看這篇文章如何改為好，甚至就說你乾脆幫我改一下。每每遇到這樣的事情，我就顯得手足無措，答應也不是，不答應也不是。我一直都認為，寫一些文字是很個性化的

事情。而且寫點東西也跟導演拍電影一樣，搞的是一門遺憾的藝術，寫完了，拍完了，就不管它了，有遺憾也只有在下一篇、下一部中去彌補了。熱衷於給別人改文章的人，在我看來多是些不可理喻的人（除了編輯因版面或刊物風格需要作一些修改是可以理解的）。記得金庸在香港辦報時，他有回下班比較晚，經過一編輯室的門口，看到編輯桌上樣報，他覺得一個標題不怎麼合他的口味，於是就提筆擅自把這個標題改了，結果編輯知道後大為光火。這個編輯衝著還是他的頂頭上司金庸說，你幹好你的事情就行了，標題是我的事，如果你覺得你幹得好，你來幹。當時就讓金大俠啞口無言，還向編輯道了歉。是的，你幹好你的事情就行了，別老是覺得別人沒有你幹得好，你覺得你自己幹得好也許只是自我感覺良好而已，這與自信根本搭不上界。

偉大領袖毛主席說，死了張屠夫，難道我們就要吃渾毛豬嗎。說不定死了張屠夫，來個更厲害的李屠夫也不失為一件好事。連我們賴以生存的這個星球，也在按它既定的軌道運行，「上帝在上，萬物皆得其所」。我們沒有必要強人所難，也沒有必要強自己所難。一切都會如潮水一般湧來，一切也都會如潮水一樣退去，這不是消極，也無關乎理想、信念等宏旨，只不過我們把自己的事情幹好，盡可能幹到極致就行了。社會越是進步，社會的分工就會變得越來越細。我們沒有必要在別人的面前自暴自棄，也沒有必要在別人面前自鳴得意。你不過就是在幹你應該幹的事情而已，也許沒有你，很多事情也許還會變得更好。有些所謂的工作狂，就是把不應該由自己幹的事情也攬過來幹，一是為顯示自己能幹，二是無別的事情可幹了。英國對公務人員的考核中，首先要讓公務人員明白各自的職責是什麼，這才是最關鍵

的，你應該幹什麼，而且幹到了什麼程度，職責的明確是很重要的，這樣才不致使人們在眾多的雜務中不知所措。有些人，有些迷亂的人，把工作作為唯一的人，在我眼裏也不過就是一種可憐的機器罷了。正是因為有這些人的存在，才使得我們這個世界也變得更加的波詭雲譎了，才讓我們心智迷亂，才讓我們日復一日不知所終。

我們還是要記著專欄作家連岳說的話吧，大意是這樣的：一棵樹一年只結一次果子，這是正常的秩序，有一棵樹想一年結五次果子，最後這棵樹瘋了。

# 逡巡在地圖前

　　在我工作的地方，牆壁上掛著兩幅地圖：一幅是世界地圖，另一幅是中國地圖。心情鬱悶的時候，我愛來回在地圖前走動，心胸也隨之開闊明朗起來，真的感覺是「世界觸手可及」。在地圖的面前，我很容易就獲得一種優越的凌然位置，山川、河流、森林、湖泊都在我的俯瞰下，我的目光可以在地圖上的公路和鐵路上恣意地行走，或許從那小圈中還會想起幾個久未見面的同窗好友。

　　我到過的地方比較少，江南水鄉是讓我最難以忘懷的，我理解了為什麼冼星海在臨死前還像呼喚親人一樣呼喚著江南：「江南啊，江南的美啊！」是啊，江南好，遊人只合江南老。我忘記不了在一個水鄉街上看一個老人畫畫的場景，也許是怕打破了水鄉的寧靜，我們什麼話也沒有說，他靜靜地畫，我靜靜地看，那真是一個美好的下午啊，時光在那時彷彿停滯了。心靈的感悟與感動真的是人生中最可寶貴的財富了。

　　雖然我到過的城市很少，但我好像對許多城市的特點都搞得比較清楚，這與我經常在地圖前的凝思有關。我有一個同學在湖北工作，他現在被我戲稱為「不是東西」，因為湖北既不是東部地區，也不是西部地區，所以有這樣的稱呼了，不知道「不是東西」現在是不是還是像在學校讀書時一本正經、滑稽可笑的樣子，他是一個標準的流浪漢，到過許多地方工作過，但我想他是

一個堅硬的、熱愛生活的、心有所繫的人，在多年的漂泊異鄉後，現在暫時又固定在湖北的一個城市了，於我而言，他成了那個城市的形象代言人了。

我的眼光停留在了那片土地廣袤的西部，在地圖上它們以黃色為主，經濟發展滯後，有著大片的沙漠。也許那一望無垠的沙漠會讓人感覺到一種無盡的絕望，可是，那裏地下埋藏著的豐富資源又總會給人們帶來新的希望。

我的視線移到西藏，我想起一本書《西藏之水救中國》，書中提出了大西線調水的設想，西藏有著豐富的水資源可以利用。不必說西藏的雪域風光是如何美麗，也不必說那裏的雪峰是如何的雄偉，也不必說西藏的資源是如何豐富，單是水，對很多地方來說就是巨大的財富。還記得《話說長江》這首歌：「你從雪山走來，春潮是你的風采；你向東海奔去，驚濤是你的氣概……」每次在地圖上看到長江的時候，我都會記起這首旋律優美的歌。在宜賓「三江交匯」的地方，我極目遠眺，發現長江的上游竟然是黃色的了，心中有種隱隱作痛的感覺，警惕長江變成另一條「黃河」。西部現在搞退耕還林、還草和天然林保護等，使得西部的生態環境有了較大的好轉。

在地圖前，我的世界是開放和流動的，我可以屬於很多地方，也可以在很多地方休憩，包括將自己寄放在各種形而上的「遠方」。在地圖前，祖國就不再是抽象的概念了，每次都會想到很多很多：國恥家恨、禦敵英雄、血肉長城、國家統一。在地圖前，我也會效仿一位名人這樣說：在中國的版圖上，我最喜歡的地方就是雅安。

# 千方百計及其它

這幾天連續加班，連週末也沒有放過。其實我喜歡這樣有張有馳的生活和工作。太過輕鬆了，人就容易體會到無邊的無聊；太過緊張了，人也容易因為弦繃得太緊而崩潰。華為員工加班猝死，就給人們敲響了警鐘。

有時候在想，一年加幾次班才是合適的呢，當然一次不加更好，說明大家的工作效率都提高了，也可以充分體現以人為本的思想。但是領導又經常說不加班是不正常的，加班還要求要獎金也是厚顏無恥的。所以，工作不能僅僅當成是一種謀生的手段。但是除了謀生手段，還有什麼作用呢，實現和體現個人價值還是以此來解除人生的苦悶抑或打發有涯之生。

經常在加班時，看著窗外的車水馬龍想：我們是為了吃飯而加班，還是吃飯是為了加班幹得更有勁。寫工作上的東西不好玩，但是我要把它當成是好玩的事情，每次寫到小標題時，力求對仗，如果實在沒有辦法了，我就用「千方百計」，這招屢試不爽。什麼都可以說是千方百計，其實只有一計，就是在沒有辦法的時候用「千方百計」這個詞。它像經典一樣不容易過時，什麼時候都可以說是千方百計。好多流行詞語都慢慢從人們的視野中淡出了。而「千方百計」雖然看起來其貌不揚，但都一直堅定地走在眾多詞語的中間，雖然沒有引領時代的潮流，但也沒有像其

他一些詞像曇花一現般奪人眼目，但也很快就落伍掉隊了，消失在茫茫的黑夜中了。

嘿嘿，當我從容不迫地寫下「千方百計」時，我簡直找到了點智多星的感覺了。彷彿一切盡在我的掌控之中。一種類似於黑色幽默的東西油然而生。有時候喜歡一個詞簡直跟喜歡一個人一樣，這個人的缺點都可以忽略不計了，只要是這個人有行了。正如現在的春節，再也不像原來那樣大紅大紫的色調了，我也還算是跟上了時代的步伐了，據說高檔的時裝一個特點就是很少誇張的大紅大綠，都呈現出一種灰不溜灰的色調，連那些比較受小資們追捧的雜誌封面，也不再是靠色彩的絢麗來吸引眼球了。這正如「千方百計」一樣，它像是驚濤駭浪中的一條船，我努力地駕駛著這艘「千方百計」的小船乘風破浪，渡過了一個又一個的險灘，克服了一個又一個的困難。雖然船身已經鏽跡斑斑了，但一聲長鳴，它還將馳向那些急流中。

崔永元是我真心佩服的一個具有幽默感的人。他的幽默是真幽默。他說，中文系造就了這樣的一批人，這些人：平常的相貌，瘦弱的身材，普通的口才，混在社會上，就是靠著搬弄文字來嚇唬人。哈哈，雖然我也曾忝為中文系一員，但實在不好意思得很，學無所成。只有靠搬弄這個「千方百計」來完成加班時的各種任務了。

# 略說名人名言

今天上班，正在修改一個小東西，對面的一個小妹妹突然抬頭問我：「為政之要，在於安民，哪下一句是什麼呢？」我說你等我在網上搜索一下嘛，我也記不清了，原來下句是安民之要在於察其疾苦。她也查了一下，說是明代的張居正說的。

引用有時候是一種再創造，引用名句有時候會起到畫龍點睛的作用，但有時候處理不當也會給人一種賣弄的感覺。想到這個我不覺會心一笑。我記起了我剛參加工作那會兒，單位領導讓我寫個什麼東西，我就愛引用鄭板橋的幾句詩：衙齋臥聽蕭蕭竹，疑是民間疾苦聲，些小吾曹州縣吏，一枝一葉總關情。特別是愛引用最後一句。當時讓這個學數學專業的領導總來問我是哈子意思。其實當時也解釋得不是很清楚，不過，大致也讓領導明白了是什麼。

有時候引用名人名言，的確是有借勢的作用在裏面。比如說吧，毛澤東的秘書田家英寫過一句「謙虛使人進步，驕傲使人落後」，這是田為毛在一次大會上的講話寫的一句，後來廣為流傳。但人們都會說這是毛主席說的。因為借毛主席的口說出來了，效果就不一樣了。有點像是現在請名人作序一樣的，無非是借名人的勢罷了。當年我所有的作業本前都有手寫的名人名言。其實很多名人名言不過是斷章取義之語，如果真的按這些名人說

的，人要麼成功，要麼就被逼瘋。而且按與時俱進的眼光來看，一些名人名言的確是已完成了它們的歷史使命了。

中學時代，我可算是「名人名言狂」。那個時候，剛開始也不是對名人名言有特別的愛好，僅僅是因為我手上有一本鋼筆字帖，上面全部是名人名言。我反覆抄了幾遍後，基本上就背了不少的名人名言，當時的確也起到了一些激勵作用。雨果、羅曼·羅蘭、高爾基、愛迪生等人的名人名言都讓我似懂非懂的，不過，我還是經常以此來反省自己，用現在的話來說就是雖不能至，卻是心嚮往之的。不過，我最後嚐到了甜頭，每次寫作文時，我都會恰到好處地引用一些名人名言，被老師表揚，說我課外閱讀的書多，其實也就是那本鋼筆字帖而已。到了高中寫議論文時，我引用名人名言簡直是到了變本加厲的地步了。上到司馬遷的《報任安書》，近到葉聖陶的教育絮語，中到冰心的哲理式短句，外到夏目漱石的冷靜議論，簡直可以說是把老師也弄暈了，老師越是表揚我，我越是人來瘋，名人名言也由大家耳熟能詳的到生僻得連老師也沒有看過的。最後達到了一種近乎瘋狂的境界了。每次考試作文時，特別是寫議論文時，都引用很多名人或者准名人說的話。那個時候，一天一套模擬考試題，引用庫也告急了。於是就自己寫一兩句在我看來還比較有哲理的話，然後說，記得有位外國名人說過，然後就把自己寫的內容整上去。然後自己也成了外國的名人了，老師作為範文念時，也不好說外國名人沒有這樣說過，就這樣忽悠過去了，書海無涯，引用無邊。還好，那個時候沒有網路，不然，我肯定要因為這些名人名言暈過去的了。

　　這個愛好一直持續了多年，很多人也知道我有這個毛病，當時一些同學，經常記不清哪句話是哪個名人說的，就跑來問我，簡直把我當成當年的搜索引擎了。不過，我也還是樂於充當這樣的搜索工具的。因為在自己的人生修煉中，名人名言的確也不光是一種點綴，它的確也像一位教師，在起一種燈塔的作用，讓我在人生的黑夜大海中還能鎮定自若。

　　短文快結束了，還沒有引用，我得重操舊業一盤。現在引用一句還不遲，女作家棉棉說：「我把青春都浪費在青春上了。」我只是想說，我卻是把青春浪費在名人名言上了，不過，我也無怨無悔，因為有怨有悔也沒有用，或者藉了這名人名言，收穫無邊的理性。

# 難寫的應用文

　　中秋節來臨這幾天，陸續收到了不少短信，自己也轉發了不少短信出去。看著泛著幽光的手機上一條條短信，不禁想起原來犯過的錯誤，竟然在轉發別人的短信時，沒有把別人的姓名刪去，一併轉發給其他人了，真可謂是：曾因醉酒按錯鍵，生怕禮失氣友人。我寫得最短的就是：中秋快樂！這樣的言簡意賅，也符合應用文的寫作要求。原來自己也想自己寫祝福的短信，但總覺麻煩，差不多就轉發了事。

　　我想，短信也算是應用文中的一種吧。很多年前，我一直對應用文有一種偏見，覺得這些東西都如同八股文一樣的，有固定的格式，固定的用語，讀起來味同嚼蠟，寫出來都是千人一面的。但昨天買了一樣電器回家，光看說明書，我就琢磨了一個下午，才發現應用文真的是很有用處的，但也是不好寫的。比如這種關於電器使用的說明文就寫得複雜，把一些無必要的東西也整上去了，比如，在使用時不要用水銀的溫度計去量溫度之類的。才想起，實用、簡潔是應用文的特質之一。多一個字也不行，少一個字也不行，真的太考手藝了。也許是現在的人接受的教育太容易讓人誤入歧途了，本來一兩句就可以說清楚的，反而要長篇大論才行，不然好像別人就不知道他們有水準。

　　說到這點，我得提一個事情。我們的工作中很多都要用到應用文的寫作，比如與別的單位之間的信函聯繫等，有時候規範是

規範，但總是顯得太拖遝。記得有回在書上看過一個南下當小姐的人，在廣州掙了錢，她是致富不忘記帶領其他小姐妹，於是想動員她們也南下廣州，她在電報中是這樣寫的：人傻、錢多、速來。簡直幾個字就把整個情況寫得再明白不過了，簡直是曉之以理，動之以錢。讓曹操看了也得佩服一陣子，比「方與將軍會獵於吳」還寫得透徹。根本不給你繞彎子，直抵問題的實質，而且是惜字如金。

當然，應用文中，情書是不受這些特質的限制的。相反，它可以無話找話，或者短話長說。比如說我愛你，你就不是一個抽象的，而且還要具體到愛鼻子還是愛眼睛還是愛嘴巴，反正要極盡煽情之能事。這些又與我們工作中寫的應用文有著本質的區別。不過，我覺得，現在文章越寫越長可能跟書寫工具有關，古人之所以惜墨如金，跟他們書寫不方便有關，現在寫文章，不整個幾萬字好像收不了尾一樣的。我還是喜歡簡潔的東西，從我國西部沙漠中出土的一枚兩千年前的漢簡上，只有四個字：幸毋相忘。這就是一篇穿越時空依然感動人的情書：請別忘了我，也別忘記了給我回信。一切的思念與一切的紛擾都在這個四中了，再說什麼就是多餘的了。

但願在工作中，寫應用文時，我能經常記起「幸毋相忘」。這樣努力做到既不浪費別人的時間，也不浪費自己的時間。今天就寫到這裏，我要開始寫一篇應用文了。

# 你會這樣說話嗎

說話誰不會呀，你肯定會不屑一顧。但問題是有些人說些話來如滔滔江水，有些人說起話來隻言片語。前者也許會讓你快意也許會讓你感覺不著邊際丈二和尚摸不著頭腦，後者也許讓你感覺乏善可陳卻又覺得一句頂一萬句般管用，而且名人名言一般都是言簡意賅的嘛。孔子也說，「巧言令色鮮矣仁」，好像孔子也不喜歡誇誇其談的人，喜歡沉默實幹型的人。

但一部《論語》就是他老人家說東道西的，西方的哲學家黑格爾、羅素等人早就說孔子的言論「無聊乏味」、「支離破碎」，除了一些溫情表白的常識，對哲學無新思維的建樹。其實現在大家看孔子的《論語》，對這廝是佩服得六體都要投地了，但他說話的確是不怎麼樣。日本早稻田大學的教授遠藤隆吉先生說「孔子之出於支那，實支那之禍也」。雖然這個日本教授的話有些惡毒，但是孔子對中華民族之禍還是客觀擺在那裏的。關於說話，孔子要求大家「非禮勿言」和「畏聖人之言」，進而用「一言喪邦」嚇人，所以以言定罪，禁止言論自由倒是成了中國的一大特色。很多時候不讓人說話。現在好得多了，說話的自由度放得寬了，但是你會說話嗎，你說的是人話嗎，你能把話當成藝術一樣來對待嗎？

戰國末期的宋玉是個小神童。他在五六歲時，父親去郢都辦事，數月未歸，時值中秋，一輪明月高懸天空，母親不禁潸然淚

下，便問宋玉說：「玉兒，你說月亮離我們遠還是郢都離我們遠呢？」宋玉說：「當然是月亮離我們遠，我只聽說過有人從郢都來，卻沒有聽說過有人從月亮上來。母親不要傷心，父親很快會回來了。」果然，三天後，父親便從郢都回來了。父親問他說：「玉兒，你說郢都比月亮離我們近嗎？」宋玉不假思索地說：「不對，月亮離我們近些，我們舉頭便可見月，卻不見郢都，父親你以後不要去郢都了，免得母親和孩兒牽掛。」看到時沒有，這小屁孩就是厲害，話在他嘴裏，這樣說也可以，那樣說也可以，但總的講，令人不得不服的是他的確會說話，說得來滴水不漏。如果這父母聽了這樣的小孩子說這樣的話，還不會愛孩子愛家庭愛人類愛一切可愛的人和物，那簡直就是無異於禽獸了。

當然會說話的多，不會說話的人也多。有個人參加婚禮，為了恭維新娘，竟然說「人家都說你長得不怎麼樣，我覺得你化了妝還是很漂亮的嘛。」這個人就是不會說話。我想起了魯迅的小品文立論中，有戶人家生了小孩子，有人說這孩子以後要發大財，有的說要當大官，有一個人說，這小孩子以後會死的。是的，發財當官不一定，死倒是肯定的，但真實的東西在不適當的場合說，挨打也是應該的了。有人說兩口子之間說話才最難，有時一句話可以引起軒然大波，有時一句話要吧平息很多爭執和吵鬧。

有兩個人都喜歡上網遊戲，一個人的老婆這樣對喜歡上網的老公說的：你再上，我把電源拔了。老公置若罔聞。另一個人的老婆看到老公遊戲正酣，輕輕走過去，看了下，俯下身體在老公耳邊說：「老公，你覺得電腦比我還有吸引力嗎？」老公怔了一

下，彷彿有所悟，主動關機了。看吧，這就是話說得不一樣，效果就不一樣。

你會這樣說話嗎？我看未必。還是繼續修煉吧，我經常在想，我什麼時候地能說出一句名言，當然不是什麼長城啊真長之類的。

# 桌面雖小

　　我所說的桌面，既指辦公桌的桌面，也指電腦的「桌面」。以前很多人的辦公桌面上喜歡放一張玻璃板，下面擺放著一些工作照或者生活照；有些是手寫的或者列印的名人名言之類的，或者是經常聯繫的電話號碼。現在大多數的辦公桌上多了電腦顯示幕。「桌面」可以透露一個人很多不為人知的心事。當然，我不是個有窺視欲的人。只不過往往會通過「桌面」看出一個人的工作性質、情趣愛好，還可以看到這個人的整潔程度，通過桌面可以識人。

　　我的辦公桌上，擺放的是一小盆仙人球，開著紅色小花的仙人球，它形態優美雅致，也包含著一種隱忍與莊重；顯出特有的審美和分量適中的寂寞；幾本擺放得錯落有致的工作用書，一本新版的《現代漢語詞典》，一本隨時變換的閒書，偶爾也會被塞進抽屜裏面的一個小資料夾；法國作家加繆說的「我的杯子很小，我卻用它喝水」，我的桌面上也有一個乾淨透明的小玻璃杯。整個桌面基本上保持了簡明的風格，重要的是它給我提供了一種場景、情景甚至一種氛圍。

　　電腦「桌面」是一幅臺靜農的書法作品，臺靜農的字在眾多的書法家中的確算不上是上乘之作，但我喜歡他的字，有一種大家風範，能讓人沉靜。據說，作家蔣勳有次經過一家裝裱店看到了臺靜農的字，說臺的字是「筆劃如刀，銳利地切割茫然虛無的

一片空白」。受到震憾的他由此說，書法在中國不是為了視覺享受的藝術，而是中國傳統文人的生命美學。繁忙的工作間歇，我也會靜靜地品味臺靜農的字，反覆品味久久沉吟，也算得上是一種極好的放鬆和休息。

面對桌面，我時常有一種矛盾的心情。那種窗明几淨一塵不染超酷的整潔居家環境，是不太容易讓人體味得到家的感覺的，沒有一點人間煙火味，它是那樣的冷漠與不真實。家應該是可能讓人自由放鬆的地方，身心自在即為家，那些裝修豪華的效果圖只會讓人覺得那不是家，那只不過是五星賓館而已。凌亂，雖然凌亂也是一種美的形態，卻讓人茫然不知所措，一種無所適從的感覺油然而生，而且容易讓人聯想到邋遢、懶惰。我想起了一個左也難、右也難的故事：國學大師熊十力是一個脾氣特別怪、特別難對付的人，他年輕時經常為爭論問題和別人打架，老了的時候也是老馬不死舊性在，傭人給他端一碗雞湯來，如果不是滿滿的一碗，他就說肯定是傭人背著他偷喝了，如果端來是滿滿的一碗，他又說肯定是傭人偷吃後屬了水的。總之，怎麼做他都有說法的。整潔還是凌亂？這真是一個讓人為難的問題。

曾經有個同事是哲學碩士，思維方式與我等平庸之輩完全不同，他的電腦桌面全是亂七八糟的檔夾，而且沒有什麼規律可循。有回，我斗膽地問了他一句，你怎麼不把電腦桌面弄得清爽些呢，找東西也方便些。他說，那樣的話就沒有曲徑通幽的感覺了，水至清則無魚嘛。有時候找到一個材料，簡直也會有一種「大浪淘沙」後的成就感。我怎麼就沒有想到過這個問題呢？原來還有一種這樣的情趣在這裏面。我說那如何提高效率呢，他說，凌亂的時候往往效率才會最高，因為重要的東西始終還是在

桌面的最上面或者在電腦的最顯眼處，相反，過分的整潔有時候讓人無所事事。正如，開快車的時候其實出事的概率還要小些，因為人在那個時候是精神高度集中。真不愧是學哲學的，弄得我才是無所適從。

不過，有時候凌亂的確是有好處的。亞歷山大‧弗萊明就是因為特別不講究整潔才發現了青黴素，起初實驗沒有什麼成果，他就將器皿雜亂無章地放在桌面上就外出度假了，回來時發現桌面上的器皿已經發黴長毛了，但是這種黴菌殺死了它周圍的葡萄球黴。看來，凌亂有時候還會讓人有意想不到的收穫。桌面，是凌亂還是整潔？現在我更喜歡凌亂一些，因為它給我提供了一種清理的機會，人生也許就是無盡期的凌亂與無盡期的整理。張愛玲不也是這樣說嗎？「髒與亂與憂傷之中，到處會發現珍貴的東西。」我們就是在凌亂與整潔兩者間遊走。

# 又見李陽

前天晚上，我又見到了李陽，不過，只是在電視上見到的。他依然充滿激情，依然滿口的洋腔洋調，依然是那樣充滿自信。雖然他激情的背後也許也有著孤寂，記者在單獨採訪他時，他說他的命賤如豬狗。可是，面對大眾，李陽是充滿了激情的人，當然說得好聽一些，就是激情，說得難聽一些，他就是瘋狂的人。

張岱《陶庵夢憶》中說：「人無癖，不可與交，以其無深情也；人無疵，不可與交，以其無真氣也。」我覺得，人不瘋狂，不可與交，以其無激情也。只不過，有些人的激情是不輕易讓別人發同而已。人無激情，則毫無魅力可言。但人總是不可能長期保持激情，激情有時候也要休息的。美國的科學家也研究出一項新成果，美好的愛情也最多只能維持十八個月，愛情還有保鮮期呢，何況對其他東西呢。但李陽對英語的激情、對英語的瘋狂，卻超出了常人的想像，竟然已經維持了二十多年。李陽說，他每天晚上睡覺前要看英語，早上起來的第一件事情也是要讀英語。如果不這樣做的話，他就會自己問自己：如果晚上和早上都不讀、不看英語，你還配做個人嗎？我聽了他這樣說話，只有一種感覺：震憾。

我又想起了我學習英語的火熱的往昔，開始還是雄心勃勃，制定了學習計畫。而且有時候上衛生間也是懷揣一本英語讀物，口中念念有詞；有時候走在路上也在默背課文，但越學越覺得

苦，而且問自己，這樣學有必要嗎？能學到什麼程度，更多我學的是啞巴英語，很少敢開口說。有一次同事說，你娃天天在學英語，我考你一些日常用語的單詞哈，我有些自信地說，你考吧，他說：「打嗝用英語怎麼說？」我終於感覺英語是個深不見底的海，一種絕望籠罩了我，終於沒有多久就偃旗息鼓了。那些英語讀物只是成了書櫃中的擺設而已。當時，感覺沒有了英語，人生一下輕鬆了許多，一下覺得，原來生活中沒有英語，生活還是在繼續的。窗外的陽光依然是明媚的，鳥叫的聲音也是漢語式的。

是的，我對一切太容易有興趣了，然而也對一切太容易失去興趣了。這也許就是最大的癥結所在。激情還會有嗎？還會有其他瘋狂的，但是能維持多久呢。面對這樣的問題，我自己也不知道，只有天知道，地知道，我是不會知道的。我的英語夢就那樣快破滅了。

不過，我還是為自己找到了一個藉口，李敖的《然後就去遠行》中這樣寫道：「有情可要戀愛，然後就去遠行，唯有戀得短暫，才能愛得永恆」。

# 阿 P「房事」給我的啟示

　　同事阿 P 是智商高達249的人兒。他在幾年前本來是有資格參與當時單位的集資建房的，能搭上末班車的，但是他覺得集資的房價與商品房一樣高，而且跟一些「老果果」一起分房子的話，選擇餘地不大，要不了好的樓層。加之，當時有些人頗有些刁難的意味在裏面，要求馬上現金首付，讓阿 P 同志錯失了良機。房價一路的飆升是讓人始料未及的，之後他的一錯再錯就不在這裏贅述了。

　　啟示一：雖然「隨波逐流」看似是個貶義詞，但很多事情隨大流總是不錯的，千萬不要高估了自己。阿 P 是川內某財經大學的高材生，當時從未到過雨城雅安的他被所謂的「三雅」所誘惑，不遠百里來到西蜀明珠雅安。在「房事」問題上，他雖自詡是「運籌帷幄、決勝千里」，但他考慮問題沒有前瞻性及一個高素質人才所必備的預見性，當時有資格而沒有集資的，都是平時自認為比常人更具良好判斷力的人。

　　相反，一些平時看起來「大智若愚」的愣頭青和「老黃牛」式的老革命同志反而在這個問題比阿 P 等人看得透、看得遠，至少遠二十年。我們不知道要學習那個美國老太太，還是我們被那個美國老太太害慘了。不過，我們要相信英國人說的「住房抵押貸款是可以和蒸汽機相媲美的制度發明」。舞臺聚光燈下的演出服裝固然耀眼，但衣飾簡單卻依然能在熙熙攘攘

的地方奪人眼目，這樣的段位顯然更高。此差距，後來買房者要深思。

啟示二：以後我們要由「單位人」向「社會人」過度了，「等要靠」的思想是不對的。以後，「社區」的概念要深入人心，「單位」的概念要進一步弱化。我們不要老是對環境、命運、世道抱怨個不停，正如拿破崙說的「人多不足以賴」，千萬別把希望寄託在某個人的身上，也千萬不要把希望寄託於所謂的「專家」上。

特別是不要輕信那些所謂專家的話，一些專家說北京的六月不會下雪，一些專家說房價泡沫太多價格馬上要降，一些專家又說沒有泡沫還叫啤酒嗎；華遠集團的董事長任志強說沒有買房子的人都虧了，而房地產的老闆說他們所賺取的利潤都高得有些讓他們不好意思了，但同時這些房地產商人也沒有忘記說下輩子還會繼續投資房地產，不過，我在想，這些人還會有下輩子嗎？中國的一些所謂的專家應該被韓寒好好罵一下，這些人應該少信口雌黃，說些模棱兩可不著邊際的話。沒有人能夠阻擋我們擁有美好的生活，正如我們不能奢望我們的美好生活是由別人來創造一樣。

啟示三：生活是可以更加美好的，關鍵是要給自己一個準確的定位。物欲是個無底洞，所以我們經常說幸福感都是通過比較得到的，有時候要善於運用這種比較。當我們住不上別墅的時候，我們就住電梯公寓；當我們住不上電梯公寓的時候，我們就住一般的房子；當我們住不上大房子的時候，我們就住小房子；當我們連小房也買不起的時候，我們就只有租房子。

「窮則變，變則通」，當我們沒有辦法的時候就要想辦法。準確的定位是關鍵的，否則，留給我們的只有痛苦。人生苦短，但生命是應該用來投入生活的，享受生活每一天，享受生活，但不盲目攀比生活，這不只是一句口號。原來生活是可以更加美好的，關鍵是我們不能在「一窮二白」中壓抑得太久，從而失去了對美好生活的嚮往。正如我們都應該有一套稱心如意的房子以保證安居樂業一樣，我們的美好生活不但是必要的，而且是可行的。最終沒有什麼能阻止我們擁有一套如意的房子，正如沒有誰能阻止我們最終擁有美好的生活一樣。

# 人生中的歸零

　　我很少看勵志讀物，因為這類讀物多半是教人們如何把別人
踩在自己的腳下，如何利用戰略戰術來獲取世俗意義上的成功。
還好，在眾多的勵志讀物中，我與潘石屹的《我用一生去尋找》
不期而遇了。

　　這本可以算作是勵志讀物的書讓我感到意外，感到驚喜，因
為它的確不是一般意義上的勵志讀物。這個生意做得很大的京城
房地產董事長沒有教人們如何去取得世俗上所謂的成功，更多是
給我們講他的一些人生體驗，讓我們感覺到他心性的隨意流動。
如果要用一個詞語來概括我對此書的感悟，那這個詞就是「歸
零」。按照潘石屹的說法，「歸零」可以理解為，我們的人生中
需要一把《數位化生存》中的「鉛傘」，暫時關閉資訊的通道，
把一些喧嘩擋在身外，把一些恩怨拋於腦後。

　　《我用一生去尋找》是潘石屹的人生哲學，書中處處閃耀著
智慧的光芒。這本書處處有一種知識份子特有的千思百慮的謹慎
與節制，這也恰好印證了郁達夫所謂的「生死中年兩不堪，生非
容易死非甘」。讀他的這本書，只是讓人感覺到人生是經常需要
「歸零」的。複雜的人生讓我們總是看不透生活，但我們依然活
著，其實我們現在思考的東西都是前人曾經思考過的。最大的問
題就是生與死的問題，就是活著的問題，而哲學家維特別根斯坦
說，想不明白的問題就不要去想。這也是一種對人生「歸零」的

闡釋，與其終日糾纏於一些不明不白的事情，我們不如像抹去蛛絲一樣抹去這些東西，讓我們的人生從此輕鬆起來，簡單起來。放鬆才能讓我們擁有一種幽默感、一種坦然感，而不讓我們把自己所遭遇的愁與苦遷怒於他人。

「歸零」並不是要忘記所有的過去，其實這是永遠也做不到的。因為讓人難忘的也許不一定是幸福快樂的事情，往往是一些災難、一些痛苦、一些負擔讓我們不能釋懷。「歸零」就是要對這些災難、痛苦、負擔經常性地清空，哪怕是暫時的清空，暫時讓身心得到放鬆。人生中總會是免不了悲歡離合，我們的內心也需要時不時地進行「歸零」。

「歸零」就意味著我們要讓一些東西過去，不能讓某些缺憾使我們的人生蒙上一層陰影。印象最深的是，潘石屹在新年即將到來時，看著那些向他借錢的人寫的借條，其中很多人已不知其所終了，很多承諾的時間也早就過期了，潘也曾經為此耿耿於懷。但就在一個晚上，他將自己手中所有的借條都一把火燒了，真正做到了一次「歸零」，但他由此獲得了心靈上的解放，他不再為此背負上心靈的負擔，他依然把那些借他錢不還的人當成他的朋友。他通過「歸零」解放了自己的內心，他依然相信別人，依然相信人類，依然對未來充滿了希望。沒有這樣的「歸零」，可能他很難坦然地拉開未來生活的帷幕，接受生活對他的喝彩。正如魯迅說的：「我之所謂生存，並不是苟活；所謂溫飽，並不是奢侈；所謂發展，也不是放縱。」人生的智慧有時候也不一定非要表現為一種斬釘截鐵的果斷，有時候也是一種這樣「歸零」般的圓潤婉轉。這種「歸零」是在人的內心混亂的激情逐漸平息後，呈現出一種節制而中庸的美，它是那樣的澄澈、平靜。

　　現在的世界太紛繁蕪雜了，人生中時不時進行這樣的「歸零」，會讓我們減去一切不必要的偽飾，減去一些不必要的華麗，這樣我們才會從容地面對一切，哪怕是苦難；讓我們內心真正做到了平靜，真正意義上實現「自我的解放」。阿爾卑斯山路上的一幅著名標語就是：慢慢走，欣賞啊！也只有經常對人生的種種進行「歸零」，我們才能夠懷著感恩的心，來看待一切，來欣賞一切。才能悟到自己在宇宙間是何等的渺小、何等的卑微。

　　潘石屹的《我用一生去尋找》，讓我再次抬頭仰望頭頂上的星空：天穹當頂、星漢燦爛。

# 我自陶然君莫笑

　　經常看新聞節目，發現被採訪的人目光游離，但他們說起來還是一套一套的。最後才知道，他們靠旁邊的人舉著牌子讓他們照著念。如果說的時間長一些，他們是記不住的。一想到這，感覺挺幽默。黑格爾說，人最可怕的事情是成為別人的工具。其實想一下，我們誰不是別人的工具。

　　如果你要有自己的生活，那麼就分裂一下吧。白天聽領導、聽老闆、聽上司的話。下班收工後，到酒樓學習魯迅向店小二高喊：加二斤酒，十個油豆腐，辣醬要多。啊，多麼美好的生活，一種幸福感會洋溢了我們全身。濁酒自陶，自得其樂。這個時候，什麼都可以想，什麼也可以不想，真的可以達到朱自清的境界了，「便覺自己是個自由的人了」。這種快樂不足為外人道，道了，別人又不是你，也不能體會你的感受。

　　我想起了崔健說的話。他說，經常遇到久未晤面的熟人時，就會有人這樣問他：哥們，最近過得怎麼樣？他只有回答一般吧。如果回答說，我過得很好，很好，如果再唱句「我們的生活充滿陽光」，那麼你的熟人是會嫉妒你的了。如果你說，唉，過得不行，不在痛苦中崛起，就要在痛苦中死去了。這樣的話，別人又會對你充滿同情：唉，你是咋法搞起的嘛，咋法混得這樣慘哦。所以，每到此時，我們便只能說些不痛不癢的話。

你想要說實話嗎？你想聽實話嗎？寫博吧！博客是個好東西，它的好處就是不讓我們有窺視別人生活的欲望。因為不用窺視，別人都在博客上給你報告了，讓人不再去講張三的長，李家的短，反正我的生活都在博客上了。你們講的不算數，以博客內容為準。

但就是這麼曬生活，還是有個問題，我們還是得把握一個度。你曬你的幸福生活吧，別人有時候不一定會分享到你的快樂，說不定會對你嫉恨有加。而且人的一生，誰敢保證都幸福平安，那天落難了，又會被人像抓住把柄一樣：小子，你當初太猖狂了，現在才落得個這樣的下場。再說周圍的人也不都是像寫《小王子》的聖埃克蘇佩里一樣具有童心的人。

識遍人情知紙厚，踏遍世路覺山平。自己的生活還是自己做主，我自陶然君莫笑。別人問我過得怎麼樣，我也學習崔，一般一般，但可能還是世界第三。

# 澄澈的人生

　　我沒事時喜歡翻看《增廣賢文》，這的確是一部能讓人反覆品味的書。可以這樣說，中國人的為人處世智慧都基本上可以在這裏面找得到。讀此書，足以見中國人的生存智慧，的確是讓人感覺人生就是一部大書，其中有道不盡的智慧，學不完的東西。這本書可以從任何一頁看起，比如剛看了這句：「但行好事，莫問前程。不交僧道，便是好人。」請教同事，他說這句話的意思是不要和出家人打交道，就可以算作是好人了。我問，為什麼這樣說呢？他說：「因為出家人都顯得冷酷無情，沒有了七情六欲，你跟這樣的人打交道，自然也會變成一個無情無義之人了，這在世俗社會看來，肯定不是好人。」我半信半疑。

　　蘇格拉底說，未經反省的人生毫無意義。我也由此反省了一下自己，我承認，我是一個小器的人，但也不算是個吝嗇的人，我是一個略顯冷漠的人，但對生活也不乏應有的熱情。我希望我的人生是澄澈的，如天空那般深邃而空明，如湖泊那樣清明而透徹。像大多數人一樣，我只是個平凡的人，過著平凡的生活，不過，我也喜歡這平凡的生活。我一直覺得順乎本性的生活才是最真實的生活，也才是最值得我們追求的生活，畢竟我們不僅僅是為別人而活著的，也許別人的金項鏈正是我們的枷鎖。但我也知道我們不可能永遠清澈地沐於理想的光輝之下，我們也如一個逃犯一樣被生計追捕而日日奔波。時間消逝的速度總是比我們預料

的要快得多，日子簡直有些像是買來過的：我們每天出賣一些自由和時間，或者還有些許的精力與才華，買些日子過過。郁達夫的詩句「絕交流俗因耽懶，出賣文章為買書」幾乎也成為我的寫照。

好些日子以前，朋友向我借了一本我十分喜歡的書，他說看了馬上就還我。呵呵，當我們說「馬上」時總是顯得語焉不詳，半個小時可以說是「馬上」，一分鐘也可以說是「馬上」，十天半月也可以說是「馬上」。如果你在餐館裏點菜後，老不見菜端上來，你追問的話，你能得到的回答幾乎都是「馬上」。以前把書借給別人後，我一般會立刻另買一本同樣的書，怕以後連買也買不著了。這種經歷已經是很多次了。而這次，我居然鬼使神差般地給朋友發了個短信，催問他看完那本書沒有。不就是一本書嘛，發完短信我又有些後悔了，我覺得這樣拉下臉面追問別人的確是顯得待人太不厚道了，我都覺得自己是挑戰了一回自我。但我卻又告誡自己，為人還是要講求原則，應該問的還得問，應該回避的也還得回避。

契訶夫有篇小說《打賭》，寫的是一個銀行家與一個律師打賭，如果律師十五年都自閉呆在房裏不與其他任何人打交道，將得到銀行家給他的一大筆財產，最終這個人贏得了這筆錢，但他卻沒有要這筆錢就走了，留一下封信對銀行家說，人間最重要的不是錢，而是人與人的交流。而對大多數人來講，不是缺乏人與人的交流，而是窮盡了人與人之間關係的可能性，人生的主要問題就是經營人際問題，少了很多的幻想與玄思，大多都實際得可怕。在這時候，我想起張愛玲說的「在沒有人與人交接的場合，我充滿了生命的愉悅」，我彷彿一下懂得了她當時的心境，理解

了她深深的孤獨。人是社會的人，懷有赤子之心是最好不過，但社會也是紛繁蕪雜的，面對這個社會，這個世界，在這個大家做人都越來越熟練、越來越專業的年代，我們應該堅守的原則、應該堅持的觀點，還得要堅守和堅持，生活的底線也不能肆意突破。

澄澈的人生應該是沒有太多負擔的人生，它不應該是斤斤計較的，也不應該是錙銖必較的；但它也不應該是一本糊塗的賬，也不應該是脆弱易毀的。希望我們都擁有一個澄澈的人生，它美似穹廬，深邃空明，讓我們久久沉吟，留戀不已。

# 名字是一種祈禱

　　西方的詩人濟慈曾在生前為自己寫過一句墓誌銘：這裏安息的人把名字寫在水上。他也許只是感歎人生如夢吧，一切都留不下來的，包括自己的名字，但他還是靠著他的一行行詩句把「寫在水上的名字」留了下來。外國人好像對名字的要求不如中國人這樣嚴格，什麼瑪麗、湯姆，感覺都差不多的，可能就像他們認為我們的小王、小張都差不多一樣的吧。有些名字則長得來讓人望而生畏，我看帕斯捷爾納克的《日瓦戈醫生》這部小說時，遇到的最大障礙就是書中的名字太難記了。古人說，名不正則言不順。所以，取名成了大家都很關注的事情。

　　有人故作輕鬆說，不就是個名字麼，不就是一個代號麼。但人們為什麼給兒子、女兒取名字時慎之又慎，又足以說明取名的確不是隨隨便便的事情。因為名字有一種心理暗示在裏面，它可能或多或少地影響著人的一生，雖然它也許左右不了人生。前些天，一個姓喬的朋友請幫他才出生的女兒取一個名字，要求是不能太俗，但是也不能太複雜。這可能也是大多數人取名的要求。我說如果力求簡單的話就取「喬一」，要雅致一些的話就取「喬雅」，如果既簡單又雅致，就取為「喬一雅」。結果，他連說不好不好。我說，這個取名的權利在你那裏啊，我們無權給你女兒取名，只能為你提供一點參考，最好還是由你自己來取這個名字。無獨有偶，一個事業成功的朋友新開養生堂，在進門處有

按摩腳的石頭，讓我幫取一個名字，也要求要有一定的內涵，我取了三個名字：知足石、踏澗石、枕足石，結果，他認為「踏澗石」最好，覺得有一種野趣在裏面，讓人有一種回歸自然的感覺：煙林清曠，有泉潺潺，踏澗中石，不亦快哉。

一個好的名字，能引發人多少的遐想啊。古代的很多名字更是讓人浮想聯翩：清代的詞人「納蘭容若」，他的名字清新絕俗，足以讓人為之傾倒；也足以讓人相信，「春情只到梨花薄，片片催零落」、「夕陽何事近黃昏，不道人間猶有未招魂」這般詞句，只能是出自這個叫「納蘭容若」的人之手，這些詞句絕對不會出自於那個叫「王二小」或者「張三富」的鄉野村夫。杜牧、王之渙、崔顥、司空曙……這些名字，一看就感覺應該是詩人，能讓人想見其翩翩豐華、氣派不凡。我知道為什麼後來會有筆名的說法了，因為那些人原來的名字太俗了，只能以筆名來彌補這一缺憾。比如西安的賈作家，如果以「平娃」示人，效應不會如「平凹」這般大。郭沫若、茅盾、曹禺、巴金、北島、蘇童……這些耳熟能詳的名字，原來都掩蓋著一些原本很俗氣、很猥瑣的名字：郭開貞、沈德鴻、萬家寶、李芾甘、趙振開、童中貴……唐代大詩人李賀，被譽為詩鬼，可惜他父親取了個李晉肅的名字，李賀為避諱只有放棄中進士的想法，一生鬱鬱寡歡而亡；清末殿試，貢士王國均在考試中名列前茅，卻被慈禧認為他的名字諧音是「亡國君」，從而被抑置三甲，竟然因此蹉跎一生。名字也會惹下如此讓人啼笑皆非的禍事啊。

臺灣女作愛張曉風說，孩子的名字，就是父母的一種祈禱。我相信這種說法，在簡單的名字中，它應該是包含了父母對孩子深深的祝福，也寄託了父母對孩子的幾多希冀，它是孩子生命中

的禮物。名字的確就是一種祈禱，一種最簡短但最誠摯的祈禱，它在生命中織入了一種積極光明的人生觀。這種名字，不是寫在水上的，它是寫在孩子的心中的。它如同涓涓細流、柔柔細雨，滋潤和撫慰著我們的心靈，也如同滾滾洪流、巨大浪潮，推動著我們向理想的方向前行。我們的名字和我們相依相偎，它一直引領著我們行走於天地之間，一直到地老天荒。

# 沒有鄰居的年代

　　對很多人來說，恐怕說他們不知道鄰居為何物，絕對不是言過其實的事情。或許即使你知道鄰居的模樣，但估計接觸也不會很多，打個招呼也算不錯了。英國的迪斯雷利說，現代社會是沒有鄰居的。其實鄰居還是有的，只是他們是作為一種抽象存在於我們的生活中了。

　　上個週六，一個同事在啤酒屋喝得大醉，我扶著他進了他所住的大院，我問他：你家在幾單元幾樓。他哪裡還知道嘛，不下三輪，最後是拉三輪的幫我把他硬從車上弄下來的。我問他什麼，他只是一個勁胡說，我只好扶著他慢慢向前移，那幾天恰好他老婆也不在家。我扶著他，隨便敲開了底樓一家的門，對方滿臉詫異，我只有先解釋一下，然後問他們知不知這個同事家住幾單元幾樓。他們也是一臉茫然，死死看著他幾秒鐘，然後很肯定地說不知道，而且很警惕地把門死死護住。

　　最後好不容易在下面的小賣部裏問了一個老者，才搞清楚他住幾樓，幸好路遇一熟人，我們才將他連拖帶提地弄上了六樓。累得我一身汗，但更累人的是心，不過把他弄回家了，我的心也放下了，想當初，我也曾經這樣被別人弄回過家。其實想想，我跟鄰居的關係也大抵不過如此，我甚至不知道我的鄰居姓什麼，叫什麼，在什麼地方工作或者謀生，他們的親屬有誰經常到他們家。按照文學理論中講的，典型人物就是「熟悉的陌生人」，按

這個說法，鄰居就是我們最熟悉的陌生人，我們差不多天天看到他們進進出出，偶爾也會說聲「你好」算是打過招呼，但對他們的一切都不想去瞭解，也不想別人來瞭解自己。我們再也不會像多年前那樣一家人在院子裏吃飯了，鄰居看了，可能還會過來夾兩筷子嚐一下。有什麼東西，大家也是分著吃。現在誰管誰啊，你就是吃魚翅，就是吃草根，好像都跟其他人沒有關係的。

但這是明的，暗地裏，其實鄰居一直有一種攀比在裏面。對門都安了空調了，我也要安。一種互不干涉裏面還是存在一種微妙的東西，一種暗自的較勁與攀比讓人活得更累。這種心理讓我們更加沒有了鄰居，有的只是與鄰居的明爭暗鬥。曾經有一個人在鄰居面前炫耀說，他們全家要外出旅遊一周。引來鄰居壓抑不住的羨慕，其實他們一周內那裏也沒有去，只是在地下室裏生活了一周，同時，也滿足了他們在鄰居那裏獲取的虛榮心。現代社會的生活，真的是給個人的生活空間提供了更大的自由。人們都願意到麻將館裏去打麻將，誰還願意把客人領到家裏來打麻將？人們請客吃飯，也都願意去餐館，雖然貴是貴了點，但也少很多的麻煩，包括不想讓別人來自己的生存空間裏面。這也是現在麻將館、餐館時時火爆的原因之一。有時候個人的貧窮感更從是來自於鄰居的目光。為了消除那種目光，這使得鄰里之間有關係更加難以言說。有人說這其實也是推動社會進步的力量。表面上，鄰居之間相安無事，互不干擾；一方面，鄰居之間卻時不時有著偷窺與反偷竊的鬥爭。

總的講，現代社會的確是沒有鄰居了。不知道這是好事還是壞事，也許這是一柄雙刃劍吧。常言道：遠親不如近鄰，遠水救不了近火。但現在人家好像更加相信近鄰居不如自己。在這個沒

有鄰居的年代裏，我們只有時不時倚窗而望，然後恨恨地對自己
說：好好活呀，自由地活。彷彿是一種自我安慰，也彷彿是在向
著什麼輕輕呼喚……

# 且行且書

　　按照一般的說法，書法在幾個鼎盛時期的特點是不相同的：晉人尚韻，唐人尚法，宋人尚意。這可以說是一種精闢概括，的確是抓住了這幾個時期書法的特點。

　　晉人那種超出塵世的風流蘊藉的確是在他們的作品中體現出來了，所以，每次臨寫晉人的帖子，都不自覺地有一種靈動在啟動我內心深處的某種秘而不宣的東西；每次臨寫唐人的帖子，都不自覺地有一種森嚴的法度讓自己體會到仁厚與中正，我從小學上寫字課就臨的是柳字，這也與性格有某種神秘的暗合。人到中年，我最喜歡的字還得算是宋人的字了，雖然康有為把蘇東坡的字貶得一錢不值，甚至說是「墨豬」，但不可否認的是，蘇的字從內容到形式都是不可複製的精品。而對宋代的米芾和明代的王鐸的字我更是倍加喜歡。

　　周恩來說，書法是東方藝術的瑰寶。它體現了東方人特有的審美情趣和特有的哲學思維。它是一種簡潔的藝術，沒有紛繁複雜的色彩，只是簡單的黑白，但濃淡的不同，它彷彿又是有色彩的；它是一種韻味十足的藝術，足以擔當靈魂的顯影劑，從字裏可以窺見書寫者的隱秘內心；它是一種才智的藝術，它不僅僅是線條的藝術，它是學養的綜合體現，正所謂功夫在字外。

　　很多次，朋友都批評我說，你不應該將這個愛好丟了，既然有一定基礎就好好練練吧。其實我何嘗不是這樣想的，雖然我

從來沒有過當書法家的宏願，的確也不想終日於墨海中悠遊。如果說用南宋的鑒賞家趙希鵠的標準來說，我覺得書法只會離我更遠，「胸有萬卷書，目飽前代奇跡，又車轍馬跡半天下，方可入筆」。顯然這樣的要求於我來說是高不可攀的，也是不切合現實的。但人人有書寫的權利，它只是我用以消解內心苦悶的一種方式，在某些時候。

在書寫中，我往往會感覺到與古人心靈的相通，比如對一些點畫的處理，會讓我有一種他鄉遇故知的驚喜感覺，那是一種穿越了時空的驚喜。說穿了，中國古人真是一個愛美的群體，也真是一個會享受的群體。可惜我是個沒有毅力的人，不過，隨意而為，彷彿也更好，這樣不必受苦練的折磨，隨意還可以更多體會到書法的美。也可能這是我更喜歡宋人書法的原因。所以，康有為對蘇東坡的批評的確是沒有太多道理的，書法也是一種抒寫內心的手段，不必強求功底。

孫梨說，文人是宜散不宜聚的。我覺得很有道理，因為文人是需要個性的。書法其實也是個性化很強的東西，它是屬於個人和屬於懂得它的人的。書法靠的是一種感覺，不可能像一門技術一樣可以按程式講出來的。正因為如此，它才散發著永恆的魅力，即便它的實用性在弱化，但喜歡它的人一樣的多。沒事的時候，我也喜歡胡亂弄上幾筆，感覺心裏暢快了許多。但我知道，其實我在貌似胡亂地弄上幾筆的時候，其實我對書法是充滿了一種敬畏……

# 聊天

　　我一直很羨慕那些善於聊天的人，這裏不僅指口才好的人，這兩者之間有些差別，善聊天的人會吸引別人來聽他講，比如，我剛參加工作時，單位上有一個後勤上的工人，他擺龍門陣特別厲害，有時候聽得我們這些以說話為職業的人都不得不服他。我們眼睛都大睜著，耳朵豎起，他表情自然，輔之以必要手勢。冬天我們圍爐坐著與他聊一下天，感覺真是舒服。從那以後我就很少覺得身邊的其他人會聊天了。所以，當時我們單位沒有心理醫生，但也沒有人尋短見，他功不可沒。但就是這樣的一個人，一上臺講話，就面色潮紅，手心出汗，表情木訥，語無倫次，全然沒了在下面聊天擺龍門陣的那種隨意自然，頓失了那種滔滔不絕與一瀉千里。

　　可能這就是我們所說的口才好與善於聊天的差別，口才不好的人也可以是一個好的聊友，而口才好的人未必就是一個好的聊友。再舉個例子，白岩松的口才我覺得是超過了崔永元的，但如果聊天的話，崔永元肯定是一個好的聊友。因為白岩松那一臉正氣，好像正義與真理都被他一手掌握，那種高高在上頓時讓人少了與他交流的欲望。反之，崔永元一臉壞笑，不很標準的普通話，有一種鄰家大哥的風範，讓人有一種與之交流的欲望。說到這兒你可能明白我說的口才與聊天的一些差別了吧。

　　其實某些時候閒聊比一本正經的東西有意義得多。在我沒有電腦的時候，很長一段時間，週五下班後都要急著趕車回家，因為我要趕回去看週五晚上九點鐘《鳳凰衛視》裏竇文濤的節目，他主持的《文濤拍案》和《鏘鏘三人行》是脫口秀節目。文濤是一個很好的聊友，他的口才甚好，反應又快，配以一臉的機靈相，讓人不自覺地聽他講下去，插科打諢，嬉笑怒罵，好不暢快。相反，對比一下央視的《面對面》節目，王志那種審問式的聊天的確不好玩，不過，那些被採訪者也好像都有被虐待症，隨便王志怎麼欺侮他們，貌似嚴肅，其實都是被採訪者在犧牲著自尊，最終他們受不了，把王志弄去當個官了事。

　　特別是竇文濤和貌似厚道的梁文道一起，配之以孟廣美這個美女就更好耍了，他們聊天好像有主題又好像沒有主題，講到哪兒就到哪兒。比如有期說一個美國人自魔方出世以來，他就開始盤魔方，硬是盤了二十六年，才把魔方盤成一面一種顏色，二十六年啊，夠執著的吧，而人家世界紀錄是七秒鐘，呵呵。要說明什麼道理，你自己去想吧，不說教，只是聊天而已，但有趣。說著說著，他們就說到了病，說病也分高低貴賤，心臟病是高貴的病，性病是下賤的病，但又覺得其實這些都是錯誤的，病就是病嘛。然後就說文人雅士一般就是得肺結核（我看魯迅也是這樣講的），彈著彈著琴就吐一口血了，然後抬頭望一下外面的秋海棠，病也病得這樣浪漫，卻沒有聽說那個文人寫著寫著文章，就開始要拉稀了，除非寫的是公文或者新聞。哈哈。不知道你們研究過沒有，巴金筆下的文學青年啊，知識份子，一得病就是肺結核，所以，文人和知識份子要特別小心肺結核。你說他們

聊的不高雅吧，但這可是在講文人雅士的事情。反正聽他們幾個聊著，我聽著也覺得安逸。

特別是竇文濤，可能是名字取得好，真是滔滔不絕。梁文道是個書生，但亦莊亦諧，與文濤配合得好，孟美女呢，人漂亮，但也開得起玩笑，雖然偶爾他們也開點不雅的玩笑，但總體上感覺他們很陽光，很正常、很自然。這是聊天的絕配。

有次，在《讀者》上看到一篇文章這樣寫道，讀書也是一種精緻的聊天，是讀者與作者之間無聲的聊天。我很贊同這種觀點，這的確是一種精緻的聊天。我們沒有必要把一些事情說得多麼神聖，說實在的，我喜歡在衛生間看一些好書，但從來沒有覺得這是褻瀆了書本。順便也想起一個朋友的指導，他說很多書是不能買和不能讀的，也就是不能與這些書聊的，包括：余秋雨、周國平推薦的書、各類作者贈送自費或公費印刷的書、所謂少年作家的書、什麼「人生必讀的……」（我才不相信不讀這些書的人生就不是人生了）、純粹理論的灰色之書、於丹解讀經典的書、什麼水煮啊品啊什麼朝代的事情啊之類的及心靈雞湯的雞湯的雞湯的書，跟這些人聊天就比較麻煩一些。經驗之談啊，免費提供給大家，當然，你實在不相信，我也沒辦法。

聊天的聊，不是無聊的聊；聊天的天，是天花亂墜天馬行空天下大事天真活潑天南海北天長日久天氣預報天無絕人之路的天。

第三輯　思想絮語

# 冷漠中的自由

　　這是一個變得更加現實的社會了，工作節奏不斷加快，競爭壓力不斷增大。同時，也造就了一個更加冷漠的社會：沒有太多的人會關注你，哪怕你覺得自己很了不起。因為關注你，別人還不如關注自己，還不如關注李宇春，還不如關注寵物，還不如關注油價。

　　我們已慢慢習慣了這種冷漠，反而害怕了那種喋喋不休式的關注與熱情。偶爾在公車上遇到一個久未謀面的熟人，在公共場合，他總是愛這樣與你交談：「現在還在原來的地方上班吧」「老婆、孩子還好吧」，說不定話鋒一轉，「你現在任什麼職了？一個月能拿多少了？」……弄得我只有以「今天的天氣真不錯啊！」來回答了，潛臺詞就是「哥們，你就別在眾人面前讓我脫了衣服來展示了」。這時候才發現，平時討厭的「冷漠」，現在才顯得是有點彌足珍貴。

　　現在大媽式的熱情很難得看到了。去年我們來了一個新同事，剛從南京大學哲學系畢業的碩士研究生，也許他把太多的精力放到了研究晚清的實學上了，現而今還是「形影相弔」。也許倒退若干年，這樣的人兒會引來不少的媒人關注，會吸引不少未婚女孩的眼球。但現在人們好像已經對此無動於衷了，因為他不是大款而只是一個窮書生，現在的女孩子更加現實了，她們知道如何去把握自己的未來。錢鍾書說：女人的兩種愛好，一是做媒

人，二是生孩子。一年多了，那種大媽式的熱情始終沒有出現。一個外省青年，有誰知道他的過去和未來，有誰想去深入到一個人的內心，有誰還會想給自己增加無謂的麻煩。男人重視女人的過去，她的過去，你真的有那樣多的精力去考證嗎？女人看重男人的未來，他的未來，你真的有足夠的時間和耐心去等待嗎？一切都那樣冷漠，那樣現實，標準越來越趨於一個，所謂的成功，而成功的標準也越來越趨於一個，那就是所謂的收入。其實生活除了工作，除了金錢，還是其他很多的東西，比如自由。

在冷漠中，也許我們會感覺到很多的自由，沒有人關注你的日子裏，你活得更加輕鬆更加自在。我寧願像一隻孤獨的貓一樣窩在家裏，手握一本書，看著時光從我身邊慢慢流走，就這樣度過一個愉快的下午。我要迎著冷漠的風，歡呼自由的到來。

# 陽光不鏽

　　一個故事，始終縈繞：一個女大學生在旅途中，經過一個小城鎮時，透過樹葉看到路邊有個招牌「陽光不鏽」，這幾個富有詩意的字眼立即打動了她，一身的疲憊頓時消失殆盡。她下了車，想到這個叫「陽光不鏽」的小店休憩會兒，當她走進這家小店的時候，「陽光不鏽」卻變成了「陽光不銹鋼餐具店」，一種上當受騙的感覺佈滿了她全身。想都沒有多想，她轉身走了。

　　「陽光不鏽」，這幾個字本來就是一首不錯的詩了，它讓人感覺溫暖，讓人感覺亙古不變的光明。特別是對一個旅途中的女大學生來說，不啻是心靈的憩園。「陽光不銹鋼餐具店」，卻成了世俗的、功利的、繁瑣的象徵。然而兩者中，後者才是真實的。

　　生活中事實的真相，往往會讓我們難以接受，我們寧願相信那些海市蜃樓虛無縹緲的東西。生活的殘酷，往往使得我們逃避，從內心來抵抗這些真實的東西。但是真實卻就是那樣橫亙在我們生活中，你想繞過去有時候是無能為力的，真的能繞得過去嗎？藝術有時候成了我們逃避生活的一種極好的方式，卡夫卡想繞過真實的生活，他做到了嗎？沒有，他只能變成一隻「大甲蟲」，藝術的本質而言，就是不相信真實的生活。對現實生活的無助感覺越強，越加深了他們對藝術的感覺，也許正是有感於此，英國的作家王爾德寫出過《快樂王子》等許多童話後，竟然

發出了這樣的哀歎：一切藝術都是無用的。也許他沒有說對，至少藝術還能安慰我們心靈，使我們不會對現實產生最後絕望。

八十多歲的托爾斯泰在一個風雪交加的夜晚出走，他當時是在想些什麼呢？是去追尋一種理想的生活，還是對現實的真相看得過於清晰而失去了生活的勇氣。當尼采在街上看到有人鞭打馬的時候，他抱著受傷的馬哭了，他的哭成了一種人類自我救贖的意象永遠定格在我的腦海中。現實的生活讓他們痛苦，藝術成了自我救贖的最好方式。去瞭解生活的真相，還是繪就詩意的假相，哪個更為重要？那些在歌廳裏唱著「你究竟有幾個好妹妹」的人，未必不是幸福的，他們的幸福指數以十計的話，可能是九。而手握《聖經》臥軌自殺的海子，要給每一座山、每一條河取一個美麗的名字的海子，我們無從知曉他是幸福抑或悲哀的。也許是生活的真實讓他難受，而藝術力量又太孱弱了。

我們是要生活在殘酷的現實真相中，還是生活在藝術化的假相中？

# 煙及其它

　　說起煙來，感覺它和書一樣是我永遠的朋友。這樣一說，大家都以為我是一個煙客，其實我抽煙多年了，但一直沒有上癮，也許算不上煙客吧。

　　第一次抽煙是在初中畢業的晚會結束後，感覺一點也不好。剛開始工作的那幾年，我周圍有幾個煙槍，整天都是吞雲吐霧的。有一個特好的朋友，也是個煙鬼級別的人物，他作為煙客的主要標誌不是因為他抽煙的量有多大，而是他說：「真正的煙客是不計較煙的好壞的」，這句話讓我真的服他了，把他視為真正的煙客。他老婆多次勸他把煙戒了，他說好多偉人都是嗜煙如命的，之後還要引用汪曾祺還是其他作家說的：「寧減十年壽，也抽紅塔山。」他老婆說：「人家抽的是特製的香煙，以為是你抽的劣質煙啊。」不管怎麼樣，他不僅煙照抽，而且還差些把我也拉下了水。一見面就遞支煙過來，他說：「你一抽煙，我們的話好像一下就多起來了。」

　　其實我抽煙，也就是煙在口中停留一下就出來了，朋友們稱我這種吸煙為「包口煙」。不管怎麼個吸法，反正煙是被我吸了的。有時候在夜晚，看著煙頭上的火光一閃一閃的，感覺它像一個忠實的朋友在陪伴著我。

　　湖南有個長壽的老者，他告訴別人長壽的秘密就是抽煙。他說：「臘肉如果沒有煙熏，就會生蟲子，就會腐爛掉。人也需要

煙來熏，保持鮮度。」我現在的這些同事煙癮一般不是很大，抽
煙成了一種象徵。全部抽些好煙——中華、玉溪之類的，偶爾也
抽些雲煙。因為我分不出什麼煙的好壞，有一回買了包兩塊五的
五牛煙放在桌上，他們見了，說：「你快點收起來吧，別讓人家
看到了。」呵呵，煙成了一種身份的標誌物了。其實我估計他們
可能也抽不出有什麼好大的差別，只不過是面子問題。

　　我抽煙持續了多年，但一直沒有上癮，偶爾「冒」幾支。要
說做到以後一支不抽也是不太可能了。因為我有次聽到一個人這
樣說：不要和戒了煙的人交朋友，因為他連煙都能戒掉，還有什
麼事情做不出來呢。如此看來，的確是沒有戒煙的必要了。

# 孤芳難自賞

　　王荊公寫過一首《孤桐》詩：「天質自森森，孤高幾百尋。凌宵不屈己，得地本虛心。歲老根彌壯，陽驕葉更蔭。明時思解慍，願斫五弦琴。」夜不能寐，細讀此詩時，竟然讀出了孤芳自賞背後隱隱閃爍的蠢蠢欲動。

　　自賞的前提是「孤芳」嗎？其實在我看來孤芳自賞的前提是懷才不遇，或者遇人不淑。一個人可能歷經了許多坎坷磨難，但是不能把自己的不幸都歸咎於社會。過分強調自我欣賞，其實也是對生活的一種逃避。正是缺乏一種力量來改變自己對待生活的態度，或者缺乏力量來主宰和改變自己的生命存在。尼采也說：最粗魯的言語與書信都比保持沉默更溫和更誠實。一個孤芳自賞的人，也多半就是尼采說的內心缺乏精細和雅致的人。自我欣賞，其實也就是一種孱弱的表現，最終也只落得個陸遊筆下「零落成泥碾作塵」的梅花，而不是偉人的「她在叢中笑」。「明時」不來，孤芳自賞真的便永遠都有它特殊的意義嗎？等「明時」來的人，也並不說明他完全是自我把玩、自我認同，隱約說明他還是有所期待的，就像我們經常所說的「窮則獨善其身，達則兼濟天下」，走到哪山就唱哪山歌。

　　記得有位中國導演，他執導的片子上映後，沒有取得他想像中票房效果。於是，他「孤芳自賞」地說，他的電影是拍給下一個世紀的人看的。因為沒有人看得懂他的電影，也許只有他自

己才看得懂，那我們憑什麼花了錢看你的電影，最後還要被你說成是弱智一樣的觀眾。我們憑什麼要欣賞你，你說這電影好就好嗎？我們看了覺得不好也要說好，才是欣賞你嗎？

孤芳自賞有時候成了中國傳統文人一種作秀的方式，近乎自虐，這種自虐中包含了少許的厭世情緒，不過，我們千萬不能忽略這少許的情緒，因為劑量大了是會害人的。孤芳自賞本身就搭建了兩個平臺，一個是供自己把玩自己，一個是讓別人欣賞那個把玩自己的自我。在不動聲色間孤芳自賞自了孤芳眾賞。

尼采說：「要理解我，我的同時代的人必須先有兩百年心理學和藝術的訓練。」每個人都要求別人欣賞自己，誰人去欣賞別人呢？不平庸者都忙於讓別人欣賞自己了，他們肯定是不會欣賞你的，而餘下的人，多半在孤芳自賞者眼裏就是「沒有經過心理學和藝術的訓練的人」。如此，孤芳自賞者只能說：人，都到哪兒去了，欣賞我的人都到哪兒去了？文化為孤芳自賞拉上了皮條，文化也點綴了孤芳自賞的背景。孤芳自賞雖然不是生理上的疾病，但肯定是心理上的疾病。「孤芳自賞」，讓很多人表面上隱蔽，實則公開地完成了精神的自慰。

# 其實還是在說愛情

　　一部電影，反覆看幾十遍，而且沒有厭倦的感覺，這對我來說是一個奇蹟。這部電影就是李安執導的《臥虎藏龍》，一部獲得奧斯卡多項獎項的影片。很多人對這部影片不屑一顧，覺得不過就是一部打鬥片。不必說這部電影拍得有多美，它的外景地有新疆五彩灣、火焰山，黃山的雲海，杭州的玉女泉竹林等多處風景名勝；也不必說這部電影的音樂也有多美，讓我們再次領略了譚盾的音樂魅力和馬友友大提琴的魅力。

　　影片其實是給我們講述了一個絕望的愛情故事。加入了愛情這個元素，整部電影就變得令人玩味了。而可惜的是，更多的人看不到這一點，看不到影片其實是在講中國傳統文化中的道義與愛情的衝突，而這才是最吸引人的地方之一。再說得通俗一些，這部電影隱晦地講述了一個類似於三角戀的故事，講得不動聲色，結局肯定也是悲劇性質的。

　　大俠李慕白面對兩個女性：俞秀蓮和玉嬌龍，道義與情愛的衝突，兩個女性之間的衝突，李內心的壓抑可以說是到了極致。一方面，他閉關修煉，一方面他卻割捨不下。我們還是從幾段經典的對白來看這種人性與所謂的道義的衝突——

　　　李：「這次閉關靜坐的時候，我一度進入了一種很深的寂
　　　　　靜，我的周圍只有光，時間和空間都不存在了，我似
　　　　　乎觸到了師父從未指點過的境地。」

俞：「你得道了？」

李：「我沒有這種感覺，因為我並沒有得道的喜悅，相反
地，我被一種寂滅的悲哀所環繞，這悲哀超過了我
能承受的極限，我出了定，沒有辦法再繼續，有些
事……我需要想想。」

俞：「什麼事情？」

李：「一些心裏放不下的事情。」

從這段對白來看，李其實是放不下對俞的感情，但為了所謂的道
義，李還是極力壓抑住那些情感，但最終還是沒有能戰勝內心放
不下的情感。

而當李慕白遇到玉嬌龍的時心中的波瀾再次掀起。他們之間
在較量時有段對白也十分精彩——

玉：「看招。」

李：「揣而銳之，不可長保，勿助、勿長、不應、不辯、
無知、無欲，捨己從人，才能我順人背。我教你一點
為人處世的道理。」

這段話其實也是道家的一些基本思想。但小女子玉嬌龍買他
的帳，說，你們這些老江湖，怎麼能見本心。李欲收玉為學生，
其實也不僅僅是想傳一些武功絕學給玉，而是他又被玉所吸引。
俞一直深愛著李，但也不便直接點出這一點，只是勸李找回劍後
就不要管玉的事情了。玉與俞都愛著李，但都沒有點明，所以，
俞與玉的打鬥與其說是為了一把劍，不如說是為了一個男人。在
壓抑的環境與氣氛中，一切都只有靠打來宣洩了。而玉與羅小虎
的愛情好像是自由自在的，不受禮教的約束，但最終還是讓人感

覺到了一種虛無，在與羅的一夜纏綿後，玉縱身跳下懸崖，象徵著一種人生的解脫。

　　愛也憂，不愛也憂。都是一幕幕的人間悲劇。而對李的死，俞好象悟出了什麼，她說，人不管一生的決定如何，都要真誠地對待自己。無非是在教育我們要正確面對慾望。一部武俠片其實說得最多的還是愛情。看完影片只有感歎：問世間情為何物，直教人生死相許。是的，這不是一部簡單的武俠片，其實它是在講愛情，在講慾望，在講解脫。

# 封殺幾時休

據傳，內地開始對青年演員湯唯進行全面封殺，對其代言的護膚品廣告禁播。「封殺」這個詞不知道是舶來品，還是具有中國特色的辭彙，反正給人一種殺氣騰騰的感覺，有一種置人於死地而後快的險惡用心。

當然對湯為何被封殺的具體原因，現在情況還不是很明瞭，但有一點可以肯定的是，這次封殺與湯唯出演影片《色戒》有很大關係。但不知道怎麼的，我對被央視或者被一些權力部門封殺的人往往還有些肅然起敬，也許是因為覺得能夠被封殺的，都是優秀的而且是特立獨行的、放浪形骸的、不拘小節的、可以冒天下大不韙的……總之，如果能被央視封殺的，就說明被封殺的對象其實在央視的眼裏還是很有分量的。只不過，對這些壞小子、壞兒童一時半會兒沒有辦法，只有出此招數。要說湯唯在影片中怎麼怎麼了，我看只能說明她是敬業的，真正是做到了可以為藝術而獻身的。又比如好多年前，央視就封殺過好多明星，印象比較深的是唱《一封家書》的歌手李春波。當時，他居然不買央視的面子，沒有按時參加央視的活動，但好像以後也經常能夠在央視的節目中看到李春波的身影。所以，希望封殺的單位以後要封殺人就最好表明是永久性封殺。但永久性封殺又好像不合乎情理，年輕人犯錯，上帝都會原諒的嘛，看來上帝有時候也要實行「費厄潑賴」（fair play）的。

　　大凡人們有這樣的心理，對被「封殺」的人往往還有幾分的同情，不管當時是出於什麼原因被封殺了。根據我的經驗，這次湯唯被封殺也不過是一場鬧劇罷了，應該是這樣的，也肯定是這樣的。要不了多久，她依然會複出，她依然還會光彩照人，她依然還會出現在一些名店的活動。而封殺她的部門和權力單位也很有可能會對此不了了之，可能睜一隻眼閉一隻眼，也可能再不會作出任何說明。還有一種可能是做出一付大人不計小人過的樣子。但與其如此，還不如原先就不封殺作罷。應該聲討的就聲討，但沒有必要封殺。因為往往這樣的話，反而是讓被封殺的對象多了幾分主動。就如同那些網路上匿名罵人的人，最難受的還是罵人者，而不是被罵者。有一天，若又要取消封殺令的時候，這種封殺的權威也會因此而削弱了。還不如看他們究竟要鬧出個什麼樣子來，就像詩人聞一多在他著名的詩作《死水》中寫的：

　　　　這是一溝絕望的死水，這裏斷不是美的所在，不如讓給醜惡來開墾，看他造出個什麼世界。

人有時候需要這樣的胸懷，看你能不能搞出什麼更高的境界來。一般而言，有時候製造問題的人比解決問題的人還要有本事些。

　　拿現在時髦的話改一下說就是：封殺，你可以蔑視我的人格，但不要低估了我們的智商。如果真的要封殺，那麼封殺也是件只適合做而不適合說的事情。

# 黃色的王小波

　　如果王小波不死，或許他就不會這樣火了，也或許他的小說也就不會這樣流行了。雖然在他還沒有死之前，我也在《南方南末》和《讀書》雜誌上看到過他的一些短文，但也只是覺得他只是一個普通的專欄作家。他的死，讓我有機會讀到了他更多的小說，不知這是他的悲哀，還是李銀河的悲哀，還是我們的悲哀。

　　有段時間，對他的小說近乎於癡迷了。《黃金時代》、《三十而立》等小說的一些片斷，我都快背誦得出來了。特別值得一提的是他的《黃金時代》，真是有著黃金般質地的文字，冬天半躺在床上，一字一句地讀出聲來，那種感覺真的十分享受。他的確是一個文壇異類。當時，列印室一個小妹妹看完了列印稿對我說：「我看了王小波的小說了，不覺得怎麼樣嘛，寫得挺黃的。」我說我怎麼沒有覺得黃呢，反而有一種很聖潔的感覺呢？魯迅先生說過，一部《紅樓夢》，經學家看到易，道學家看到淫，才子看到纏綿，革命家看到排滿，流言家看到宮闈秘事。說實在的，在諸如列印室小妹妹這些人看來，王小波簡直就是個流氓，怎麼寫成那樣，還怎麼能得臺灣的聯合報系的獎項。

　　對此，我只能說，王小波是一個真誠的作家。為數不多的真誠作家。其實我覺得他的貢獻不在於雜文，在於小說，因為他的雜文，有時候低估計了讀者的智商，一個簡單的道理，他都還要準備引經據典論證一下，實在沒有必要。讓人想起

「四七二十八」的故事，一個人說四七是二十七，一個說是二十八，並爭到了縣太爺那裏，結果說四七是二十八的人被打了一頓，縣太爺說，雖然你是對的，但你還要去爭這不用爭的問題，所以更應該被打的是你。王小波的小說，涉及性的地方多，我們姑且說他是在描寫人性吧，不是只是寫性。一字之差，謬以千里。不過，王小波的小說到底黃不黃，我也不清楚，因為沒有一個嚴格的標準。

王小波自己說：我就這樣一天一天地老下去，從這個樣子你絕對看不出我每天每時每刻都在想入非非。但是他的文字盡可能在寫一些大家回避的性的時候，卻不會讓人覺得有猥褻之感。他是做到了高級而有趣，如果不信，你可以再次閱讀他小說的有關章節。雖然他的小說還是觸怒了許多人，甚至牽扯到了李銀河，說他們是「偽性學家」。中國可以容得下許多貪官污吏，就是容不下一個說實話的人。王小波的黃就真的成了黃色了，不是黃金了。

黃色，應該是高貴的顏色，應該是充滿生命活力的顏色。王小說的小說，如果用顏色來定們，肯定是黃色的。既然這樣評價王小波的小說，那麼，我們對一些黃段子也沒有必要大加鞭撻，一種是高趣而有趣，一種是低級而有趣，總的講，有趣就行了，當然如果是高級就更好。可以肯定的是，王小波的高級有趣是少數的，大多數是低級有趣的。關鍵是你要看到智慧，而不要看到猥褻。我是不能高級而有趣的了，那就低級有趣一些不錯。

梁簡文帝蕭綱提的「立身先須謹慎，為文且須放蕩」，雖然他說的放蕩不是所謂的淫誨，而可能是指文章的汪洋恣肆。王小波的黃，一些段子的黃，都是有趣的東西。它們讓我覺得這個世界還不那麼無趣。

# 得之與不得之間

　　幾場秋雨下來，天真的就涼下來了。培訓剛剛找到些學習的感覺，又宣告結束了。工作十幾年，終於遇上這樣一次培訓，感覺真的很不錯，培訓結束了，應該交的作業也交了，應該寫的總結也給單位報了。當然，有些東西也是免不了例行公事的，大家都在體制內生存，都不容易啊。回來，朋友就問，考察了幾個地方，應該寫一點東西吧？我說肯定的，不然既對不起黨多年的教育，也對不起自己一周的東遊西蕩，雖然文字的東西終究還是靠不住的。一切會隨風而逝，但至少在這一時間內，很多東西還殘留心中。

　　照片，遲早會褪色，花朵，遲早會凋零。想了片刻，還是決定繼續在這個小天地自娛自樂一番，為外人所哂笑也在所不辭。一個月裏，給人留下了很多的東西。但提筆寫來卻不知道從何說起，是寫寫博學多才的老師們，還是寫寫個性鮮明的同學；是寫寫課堂逸事，還是寫寫考察見聞。反正路還長，時間也正長，且容我以後慢慢道來罷。

　　住在賓館裏，一天坐車過來坐車過去，大家都略顯疲憊。但只要有人提議說，來打一下麻將或者鬥一下地主，剛才還說逛街太累的人立即也來了精神，自然而然，人員就組織起來了。說實在的，自從打過極限麻將後，我對麻將真的沒有太大興趣了。一方面也是因為打得不太好，缺乏工於心計的算計，也缺乏一種處

亂不驚的大將風度。有人說，大家出來就坐在賓館裏鬥地主，也未免太那個了吧，但其實他剛說完這話也就坐下了。這就是麻將的魅力，這就是打牌的魅力。

　　中學時學英語，曾經有一句話就是：不要和陌生人玩撲克。我一直大惑不解，但從來也沒有問過老師，我想老師不外乎會對我說，因為陌生人可能會騙你，而且撲克牌騙人的把戲也多，「勾金花」也是想發「三筒」就是「三筒」，想發「金花」就是「金花」的。不過，同學之間隨便玩玩也是盡性的，所謂的大賭傷神，小賭怡情，大家輸贏不大，其樂融融，也容易溝通瞭解。我參與鬥地主和乾瞪眼，這兩樣都既簡單也充滿奧秘。打牌時也覺得讓人聯想到很多東西。印度一個領袖曾經說過這樣的話，你手中一把牌是上帝發給你的，至於怎麼打卻又是你自己要把握的。人生何不是這樣，你出生了，你的很多東西就是上帝給你的了，很多東西就不是以人的意志為轉移的了。所以，古人也說，身體髮膚，受之父母，是不能隨便動一下。正如你手中的牌，你能說不好，我們重新發嗎？我打牌也喜歡觀人，一些人拿了好牌，喜形於色，一些人即便有一手好牌也若無其事，有些人則一手好牌還要做出愁眉苦臉的樣子，兵不厭詐，與人鬥其樂無窮。我覺得更多人為什麼喜歡足球勝於喜歡籃球，為什麼喜歡打牌喜歡勝於下棋，就是因為足球和打牌都有很大的偶然性，這一點誘惑了很多的人，包括梁啟超也說，只有讀書時能讓它忘記打牌，也只有打牌時能讓他忘記讀書，別忘記了，梁是一個非常有自控制能力的人。

　　一路上，玩來玩去，最後的結果就是總量平衡，也符合自然規律。心情有時候也會受打牌的結果影響，輸了難免會有些心

疼，贏了也不知道下一場還會不會繼續。一切都不可預料。唉，
人生的魅力不正在於此嗎，如果沒有那些未知的東西，我們的生
活是多麼的無趣啊。人生也是需要有柳暗花明又一村的驚喜的
啊。幸福指數的攀升可能也跟這種偶然性和不可知性有極大的關
係。有「希望」的人永遠是幸福的，而身在「幸福」中的人其實
也不一定真的就是幸福的。這是一種多麼讓人沮喪的悖論啊！對
我這樣，生活不懂邏輯性的人來說，的確是容易比一般人更容易
滿足，所以，我經常說我容易滿足得像頭豬。其實語言能表達的
都有偏差，一切觀點也都是偏見而已。我們還是要經常想一想頭
上的神明，它在看著我們。補充一點，我也是無神論者。打牌
時，敬畏一下對手，生活中也要敬畏一下上帝。《浮世物語》第
一句是「萬事不掛心頭，隨風飄去，流水浮萍一般，即叫著浮
世」。浮世可能就是指一個不確定的世界，你在這個世界上飄來
浮去，有時候身不由己，有時候卻也有人力所為。不管如何，生
生不息的我們到底是等待著什麼？魯迅給出的答案是，他看透了
黑暗卻從未絕望。

　　嗯。打牌時，我居然想到了魯迅，難怪我要輸錢啊。我且打
住，用心打牌。對待打牌像對待人生一樣，隨運氣，但要努力。
得之，我幸；不得，我命。如此而已。

# 一碗雞湯

　　生活中總是有些麻煩要跟隨，所以，有時候無事就是幸福，無所事事則是一種痛苦。生活中的麻煩是永遠不會避得完的，正所謂，人無遠慮，必有近憂。但是我討厭一些人把苦難說成是人生的財富，我寧願不要這樣的財富。有時候道理越簡單，懂得的人卻越少。如果誰說苦難是財富，請他把我的這份財富也拿去吧。

　　經常只能自我安慰地說，因為有麻煩，所以我們才有活力，因為有疼痛，才讓我們活得更真實。我不明白為什麼有時候人與人之間會惡毒相向。這個問題思考愈久，它纏繞人的心靈也就愈緊。不如放鬆，不如放開眼量接納這個世界，雖然有時候這個世界殘酷得讓我們不時倒抽一口冷氣。特別是為一些事情，不得不去求別人幫忙，那種感覺真不好描述。對一個朋友略略講述了一點近日的遭遇。朋友沒有說什麼，只是說發個東西讓我看看也許會受到啟發。

　　朋友固然是好意，發來了一碗「心靈的雞湯」，看了，感動了，受啟發了。但能否對朋友說，那種良好的人生境況是可望不可及的，作為一個社會人，我也羨慕那樣平靜如水的人生，但也許永遠達不到那樣的境界。就像瓊瑤大嫂筆下的愛情，都是不食人間煙火的愛情一樣，凡人也只能是看看、想想而已，不可能會擁有，因為大家還要為一日三餐奔波。有著名教授說：大隱隱

於市，那些拖家帶口戰鬥於紅塵的人才是真正的「大隱」。話是這樣說，我還是非常感激朋友在這樣的日子裏端上來的雞湯，讓我心靈又受了一次按摩。現原文照抄如下，供大家也喝了這碗雞湯，大家也可以因人而異，各取所需要。缺愛的補愛，缺鈣的補鈣，如此而已：

### 〈你不必追求優秀，但你可以做到良好〉

有一個同事美麗而且文靜，說話時語速總是慢慢的，音量總是小小的，但很能說到人的心底裏去，你不知自己什麼時候就被她看穿了。她的業績說不上驕人，但也無可挑剔，她嫁了相愛的普通人，日子過得波瀾不驚，她不要求孩子學這學那，雙休日一家三口就外出遊玩。她每天要午休，要做健美操，生活很有規律。她從不嫉妒榮譽加身的同事，也不鄙薄偶犯錯的同事。對勢利小人卻冷眼旁觀，卻也不惱，她覺得這些人不會有好的心態及好的結局。她心明如鏡子，她絕頂聰明。與周圍一些拼盡全力而活得七下八下不如意的人相比，我總是覺得她的人生本可以更為出彩，而她卻沒有去做。

有一個非常難得的機會我們兩兩相對，她說她父親的一句話奠定了她的人生。初中時，她體質很弱，不參加任何體育活動，學習又非常爭強好勝，偶有一門功課不是第一就會難過得自責。她父親說：以你的條件，你不必追求優秀，但可以做到良好。她聽了父親的話，比較輕鬆地將每門功課保持了良好，同時，體質也恢復到良好的狀態。高中畢業時，她給自己定位考一個普通大學，結果沒有壓

力反而發揮良好,她輕鬆考取了重點大學。大學畢業,她選擇一個中等城市裏的單位,只求離父母近些,可以相互照料。她娓娓講著,就如她不急不躁地構築著她良好的人生。良好的人生肯定不被小說家看好,因為良好的人生不能構成他們創作的素材,他們更感興趣的是:事業有成而家庭破碎,金碧輝煌的陰影裏藏匿著墮落,幸福來臨卻緊隨死神。有一項優秀就有一項不及格,生活就是這樣的乖戾,倘若某人的某項特別優秀,他人生的另一些重要項目的缺憾也往往特別地大,或者正是無可彌補的缺憾才發憤地追求優秀。所以,良好的人生境界其實很高。當一個人的愛情、品行、心境乃至體格都能達到良好,能說這樣的人生不優秀嗎?

昆德拉有部小說叫《生活在別處》,我對這五個字有很好的聯想,我們的生活總在遠方,都在想:如果我有錢了,明天我就可以……但是如果你現在賺錢少時不能感受快樂,就算賺了更多的錢也不會有太多的快樂。如果你現在不能享受生活,未來你也不會享受生活。另外,如果一個人在努力活給別人看,就會痛苦得不得了。今天你如果相信自己做得還不錯,不在乎別人怎麼看的時候,你真的可以很自在,你對未來不用期待太多,因為期待太多,挫敗感也會很深。不如想想現在做的是什麼事情,自己會從中吸取那些東西,你會感覺很充實。是的,我們別花一輩子的時間去過生命,卻不用一天的時間來享受生活。

　　上面的這篇短文適合發表在《讀者》之類的雜誌，它容易撥動人的某根心弦，也容易讓一些為生活所困的飲食男女領悟一些人生的道理。正如我們看了一出悲劇的電影，我們擦乾了眼淚，明天依然還要戰鬥在紅塵，那些曾經讓我們感動的東西也會漸行漸遠，哪怕生活不在遠處，但生活還得繼續。

　　如果我們不能優秀，退而求其次，那我們就追求良好。我希望我清心寡欲，我希望我鬥志昂揚；我希望我家財萬貫，我希望我君子固窮；我希望我絕望到極點，我希望我萌生希望；我希望我高朋滿座，我希望我閉門思過。所以，別太奢求太多，人生就是會有缺憾的，有這樣往往就要舍掉另一樣，完美的人生僅僅存在於想像中……

# 陽光下的百丈湖

　　那天，很好的太陽，在冬天難得有這樣的暖陽。辦完事情，和幾個同事順道跑去百丈湖，很好的陽光，一波一波地蕩在身上，慢慢地滲透到身子裏去。名山的百丈湖是來過多次了，但那天感覺百丈湖最美，因為它是陽光下的百丈湖。漫步在湖邊，陽光下的百丈湖風煙俱淨，清明透徹，波光點點，四周群山疊翠，一幅絕好的風景畫。但凡景色越美，人也就會越感寂寞，但還是讓我獨自享受這初冬的太陽好了。

　　在陽光下坐著，喝著一杯素茶，想起了那個耳熟能詳的故事：有一回，古希臘最偉大的帝王亞歷山大，遇到了正在曬太陽的哲學家第歐根尼，並發出了誠摯的邀請，希望哲學家來共同參與管理龐大的帝國，哲學家拒絕了，帝王問哲學家需要什麼，哲學家只是淡淡地說，「請你走開，別擋住我的陽光」。其實，我是不太喜歡哲學家這樣的生活態度的，如果遇到孔子，這個犬儒主義者肯定會被我們這個東方的教育家教訓一番。估計孔子要這樣對第歐根尼說：你簡直是個禽獸不如的東西，怎麼一點點社會責任感也沒有，學成文與藝，貨與帝王家，我們應該為大王服好務嘛，怎麼就貪圖自己的那點點享樂呢。想著兩個哲學家如果這樣相遇，我不覺會心笑了，那應該是很有趣的事情。看看東西方文化還能碰撞出什麼火花。

　　陽光下的百丈湖，時而讓人萬念俱寂，時而又讓人浮想聯翩。當陽光一波一波地擴散過來，有些眩目的陽光讓人不想什麼了，只是感覺靈魂被曬，靈魂在飛升。那個終日為瑣事奔忙的我在此刻也有一種空空如也的感覺，彷彿一個清醒中的人暫時置身於一個模糊不清的夢境中，暫時成了一個毫無思想、毫無知覺的人。一些人的面孔，一些還沒有寫完的詩歌，一些不著邊際的討論，一些工作上事情都在慢慢離我遠去。慢慢讓自己沉入湖底，連同著湖水的味道一起沉下。又像是湖邊的一朵無名的小花，原生，無人驚擾，但也會旁若無人地獨自開放。我也想讓自己在此刻慢下來，我們終日的疲於奔命總是與生活的溫情相向而馳。現在，這種暫時的逃離顯得彌足珍貴，以至我有些得意忘形了。我想讓自己在此刻，感受到平時也被我忽略的陽光，感覺那泛著水草味的空氣，它們都散發著隔世的氣息。

　　看著遠處的小舟，心裏一個念頭晃過，在這裏拍部電影肯定還不錯。如果我是導演，我就準備拍西施和范蠡的愛情故事。今傳的《吳越春秋》，吳亡後，「越浮西施於江，令隨鴟夷以終」。民間傳說中的僅存於東漢《越絕書》：「西施復歸范蠡，同泛五舟而去」。這兩種結局，我還是偏向於「中國式」的大團圓，我相信西施與范蠡一起幸福生活。據說，當時是范向越王獻的美人計，在實施這計策的過程中，范卻愛上了西施。越王也承諾滅吳後，把西施賜於范。一切都結束了的時候，越王變卦了，「狡兔死，走狗烹」的鐵律顯現它的威力了。既然不能明殺你范，我就先殺你的有情人西施。陽光下的百丈湖，太適合拍攝這部電影《百丈湖的西施》了。太湖太大，洞庭湖太險，青海湖太遠，只有在陽光下的百丈湖才是這個愛情故事的最佳的外景地。

　　正在這時，手機響了，一熟人打電話打聽一些我現在根本不感興趣的事情。然後又說到了其他枝枝蔓蔓的問題。然後就是我極力解釋一些問題，解釋我是如何的心有餘而力不足。其實，我也覺得我是一個乏味的人，一個刻板的人，一個缺乏情趣的人，但我一直覺得順乎本性的生活才是最真實的生活，也才是最值得我們追求的生活，畢竟我們不是為別人而活著的，也許別人的金項鏈正是我們的枷鎖。

　　在這時候，我才發現張愛玲說的「在沒有人與人交接的場合，我充滿了生命的愉悅」，這句話正契合了我現在的心境，我竟然在這時一下懂得了張的心境，理解了她深深的孤獨。電話接聽完了，我的思緒一時竟有些亂。看來，西方的哲學家又一次勝利了，因為我當時只是想說：「請你快說完話吧，別影響了我享受這冬日的暖陽，別影響了我欣賞這陽光下的風景旖旎的百丈湖。」

# 人性的暗

　　對於人性本善還是本惡的爭論一直就沒有停止過。但是不管是本善還是本惡，我都希望人能夠不斷趨於善，因為善是精神世界的太陽。只有不斷地讓心之海成為那美麗的蔚藍色大海，才能讓自己擁有強大的淨化能力。無知滲透人心就會成為惡，當心之海遇到原油洩漏，一切都變得不可思議，一切都會讓人為此黯然神傷。

　　女作家張純如在深入調查研究南京大屠殺後寫書出版，然後自殺。面對大屠殺中的那些種種所匪夷所思，令人髮指的罪行，一個正常的人也許是很難承受那些人性中的黑與暗的。那種人性中的黑與暗，會讓一個善良的人對其他人、對世界產生倦怠，繼而產生輕生的念頭。《當尼采哭泣》中那個心理醫生，為什麼在聽多了心理病人的內心傾訴後，也會產生輕生的念頭。正是那種人性的暗，讓人對世界悲觀失觀。也許他還沒有治好別人的病之前，卻先把自己謀殺了。一個人的心靈歷史，或者像是奔騰的大河，或者像是地下的暗河，哪怕是最渺小的心靈歷史，也不見得比整個民族的歷史枯燥乏味。

　　說實在的，我一般不敢看調子太陰暗的書。比如俄國的陀斯妥也夫斯基的《罪與罰》，這本裝幀精美的書一直都在我的書櫃一角靜靜地放著，我不敢輕易地打開這本書，我怕那種黑暗會擊垮我。書中的大學生拉思寇里尼柯夫的悲劇遭遇會讓人感覺到發

自心底深處的痛，會讓人感覺到世界、感覺到人性的黑。雖然我也知道，人性及世界本來就是存在大量的惡與暗的，但我還是不輕易地融入到那暗色裏去，那暗與黑就像靜靜行走的流水一樣，說不定在不知不覺中就會帶我們沉溺於中不能自拔了，自己卻還渾然不覺。原來一直對人們給予沈從文那樣高的評價有些不可思議，現在我想，也許正是沈從文從他那魔術身的文字回避了人性的黑與暗，他一直在歌頌人性的美，在他的世界裏，只有明朗的天空，只有人性的美好，一切都顯得那麼合理，那樣公正，連無望的等待也是美麗的。

每次看到中央台的《心理訪談》和江蘇台《人間》節目主持人憂心忡忡的樣子，我就不禁會為這些主持人擔心，會為她們暗暗捏一把汗，在聽了那麼多人關於困難、關於困惑、關於不幸、關於背叛、關於死亡、關於陰謀的訴說，她還能在面對世界和面對人群的時候能做到鎮定自若，內心一派寧靜嗎？這樣會對她的生活帶來什麼樣的影響呢？這需要多麼大的心理承受能力啊。魯迅說，只有奴才老是找人訴苦，魯迅還說，一道濁流，固然不如一杯清水乾淨而澄明，但蒸餾了濁流的一部分，卻就有許多杯淨水在。按照魯迅的話來講，那濁流真的很像是人性中的暗，我們需要把它蒸餾。但這種蒸餾，還得要靠內心的不懼以及內心的善、內心的明朗來抗擊，它需要我們有足夠的智慧，它也需要我們內心有足夠的光明。

唯有心成為蔚藍大海，唯有心成為光明聖地，我們才會坦然地面對自然、面對世界、面對人群。沈從文墓園中的銘文是：照我思索，能夠解我。也許，他的內心也曾沉積過太多的黑暗，但是他畢竟走出了黑暗，他給了我們一個心靈的憩園。這就是為什

麼我們那麼多人明知道海市蜃樓是虛幻的，卻依然喜歡那些美麗
的幻像。

# 母雞也這樣說過

這幾天煩心的事情挺多。按某個文章大師的說法，心情不好的時候不要寫文字，不過，我也搞不懂為什麼又會有「憤怒出詩人」的這種說法。前些天遇到一熟人，她說我一直看你寫的博客呢，然後緊接著問：你怎麼還有時間寫博客啊？說得我好像應該比溫家寶忙才行一樣的。我只好說，唉，時間擠一擠總會有的，本來想套用一句話說，時間像你的乳溝一樣擠一擠也會有的，但還是沒有敢說出口，只是虛偽地說，時間嘛，像海綿裏的水一樣擠一擠也總會是有的。然後以魯迅的方式說，我是把別人用來喝咖啡的時間用在工作和學習上了。哈哈。

說到乳溝，就不得不說到鬧得正緊的奶粉事件。國家質監總局的局長李長江已黯然下課。石家莊的市委書記也被免職。對這一事件，我真的擔心，它像一陣風又刮過就算了。奶粉事件終究會過去的，但我們不敢保證以後就沒有其他類似的事件再發生。為什麼會一再出現打假打不徹底的事情，說到底是利益的驅使，這大家都是清楚的，也是由於地方保護主義導致的，也是行業的潛規則導致的。說來說去，到底這樣的事件以後如何避免，這才是值得大家思考的。因為已發生的事件都發生了，即使再處理一批官員、再封殺一些企業，好像也於事無補。因為死去的嬰兒是不會復生的了。

從深層次來說，我覺得這一切都是國家的財稅改革制度造成的。分稅改革後，國家對地方財稅實施調控的能力被削弱了，各地的保護主義得到了空前的加強。地方的財政收入、官員的政績，都跟這些納稅大戶牢牢粘合在一起了。這些官員真的一點不知道那些企業的生產狀況嗎？回答是否定的，因為這些企業是地方稅收的重要來源，跟地方財政有直接的關係。對地方而言，能給地方創利的產業就是好的產業。在這種狀態下，我們不難想像，地方政府對一些企業的打假力度真的會有好大。

到超市，看到很多櫃檯前都張貼有質檢報告，到處都有承諾文字，電視大螢幕中也反覆播放承諾的文字。我們能信嗎？我們敢信嗎？但就是不信，也沒有辦法，你總還得去買大米，人總是要吃飯的，但買的大米可能是拋光的大米；你總得還要去買醬油吧，可能是用頭髮做成的……記得多年前考試中遇到的一幅漫畫，母雞對主人承諾說：我下的蛋，是沒有棱角的，會有蛋殼和蛋清。當時只是感覺漫畫的確可笑，想不到現在卻是到處充斥著這樣的承諾，充斥著母雞的說法。參加學校的家長會，老師會承諾說，我們會給孩子改卷子。天哪！真不知道這是哪門子承諾。但願醫生不要承諾說，我們開刀後，承諾會把手術刀從病人體內取出來的。但願政府不要給百姓又做了解決吃水難問題的承諾。不要輕易相信承諾，蘇德互不侵犯條約都可以撕毀，還不用說那些不法商家的承諾了。當我們生活在這種母雞式的承諾中的時候，承諾顯得那麼的蒼白無力。

還好，我不是悲觀主義者，我相信社會會越來越進步，辦法總會比困難多。耳邊傳來伍佰《愛你一萬年》的歌聲，這才是最無力的承諾。你如果真正能用心愛一個人一年，就算你不錯了，

還一萬年,簡直是癡人說夢,騙騙小青年還可以,弄不好你還被
小青年騙了也說不定。承諾是用行動來體現的,不是說出來的。
窗外,黑雲壓城城欲摧,我趕緊打住。

# 信與不信

據說有中國的留學生到了美國後，很鄙視那些美國青年，覺得他們不關心國家大事，很多人對時事不瞭解。或只顧吃喝玩樂，或只顧埋頭學習不抬頭看路。不像中國的青年有政治抱負，大多都有指點江山激揚文字的愛好，好像不幹出一番大事業就誓不甘休的樣子，但這類人也很容易就被現實的殘酷打造成市儈主義者和機會主義者，反而不如美國青年那樣務實進取。真不知道多過關心時事是不是件好事，真的是為了獲取百分之五的有用資訊，而要去遭受百分之九十五無用資訊的折磨，還是兩耳不聞窗外事，一心唯讀聖賢書好，落得個一片白茫茫大地真乾淨啊。

隨著網路的無孔不入，隨著傳媒大戰的不斷升級，時事與八卦新聞的界限越發模糊不清了。早上看到網上傳聞：央視主持人方靜是間諜，於五月份就被抓起來了。消息來源於阿憶博士的博客，阿憶是畢業於北大的周憶軍，曾主持過《實話實說》等欄目的節目。如果他僅僅是開個玩笑，那這個玩笑就開大了，弄不好還要對簿公堂。如果是真實的，那這個潛伏就比電視劇《潛伏》的轟動效應大了，據說還是那個經常在電視上拋頭露面的軍事專家張召忠最早發現方靜的問題。果然方靜在博客中出來回應了，就是因身體原因在家裏休息，而且說要用法律武器維護自己的權益。是不是真是他們的博客，還是別人假他們之名的博客，孰真孰假，我們暫時無從去判斷，只好拭目以待。

當初，網上盛傳羅京患癌症的消息，也被認定是謠傳，但不久被證實了。因為我們以後在《新聞聯播》中再也看不到羅京說完話後把眼睛一泛的那個動作了。對公眾人物關注滿足了大眾的好奇心，滿足了大家的獵奇心理。人畢竟是好奇的動物。最近網上鬧得沸沸揚揚的許宗衡案，說是女藝人湯唯與周迅也被捲入裏中，而且被有關部門傳召。但這也僅僅是一些人的分析和猜測，是不是真的還難說。因為這些人僅僅是從內地到香港的女藝人中，通過分析排除後，覺得這兩個人的可能性最大。因為當時說是劉璿與此有關，劉已對此作出回應了。人生自古有情癡，此恨不關風與月啊。信還是不信，這是個問題。其實信與不信這些，跟我們有多大的關係呢，真值得懷疑。唉，網路的力量是強大的，但網路也像是個碎嘴的婆娘。讓人愛恨交織。

這就是一個浮躁的時代，這就是一個浮躁的社會啊。大家都在莫名其妙地想跟上時代的節奏與步伐，包括要瞭解最新的八卦新聞作為談資，不然就好像失去了話語權。一次公務員考試的面試中，就要求考生談一下對山寨文化的看法，幸好沒有要求他們說出「雷人」的意思是什麼。相信很多考生連什麼是山寨文化也不太清楚，從何談起對它的看法，但這能怪他們嗎？但如果作為一個青年，連山寨文化都不清楚，他們還能算是時代的青年嗎？

多看看八卦新聞吧，也許會增強我們的人生免疫力，增加我們對這個時代脈搏的把握。讓八卦新聞在我們身上打下深深的烙印，以此證明我們曾經在這個不好也不壞的時代活過。同時，也別忘記了讀讀經典，讓歲月沉澱的東西再次感動我們，讓它再次打壓一下我們的淺薄與無知，讓它再次打壓我們的輕狂與虛無……

# 且看朝聖之旅的心之躍動

　　現在每天早上起來都要打掃衛生。毛主席教導我們，臉是要經常洗的，屋子是要經常打掃的，流水才是不腐的。

　　「七一」到了，單位的慶祝活動已經提前搞了。幹完了手上的一些活，午飯後把衣服洗了，顧不上午休，在辦公室裏再一次靜下心深入學習十七大黨章，也算是自己安排的慶「七一」活動之一。說實話，原來也沒有怎麼認真學習過黨章，有一回認真翻看黨章，是聽一個曾經的同事說了一件事，這個同事在深圳聽一個講座，講課的一個教授說黨章的第一句話就有問題，當然他指的是語法或者邏輯上的問題。現在我一字一字讀來，也找不出有什麼不對的地方，想問問那個曾經的同事，卻也早已不知所其終了。也許教授語出驚人也是嘩眾取寵之舉吧。

　　前兩天看了山東衛台播放的一個節目，是我崇拜的台大哲學教授傅佩榮在成都杜甫草堂搞的一個講座，朝聖之旅之「文化心靈的躍動」。相比而言，傅的講座平實，但有親和力，讓人如沐春風，不像於丹在百家講壇裏洋洋灑灑，華麗的詞藻後面掩飾不住虛浮，總體上可以說是乏善可陳，用幾個高中生寫作文也不太會用到的論據，把大家心靈雞湯了一下，難怪有其他一些博士要出來抵制於丹。不過，這也純屬我個人的喜惡。我們有喜歡一個人的自由，也有不喜歡一個人的自由，這裏面也沒有多少理由可

以展開說，更多是一種感覺吧，主要是我覺得傅佩榮更像一個讀書人，更值得我們信賴。

傅佩榮研究多年哲學，他是為我們開啟了一道讓生命更富有品質的大門，特別是他在講座的過程中，一直有種幽默讓我們感覺生命其實面對苦難但依然還是美好的，他的微笑常掛在臉上。讓自己如何在焦慮中安靜下來，給自己注入應該的活力，這是我喜歡聽他講座的原因，每次聽後都有所感悟。面對物質誘惑的時代，我們這個總體上缺乏宗教信仰的國度，錢就是很多人的信仰，家庭就是很多人的信仰，這些應該說都不算太大的錯，最歸根到底，還得要有一種別樣的信仰才會讓大家少一些焦慮。傅佩榮能結合經典、結合現實闡釋「無為」等等，通過這些闡釋，的確讓人時時有豁然開朗的感覺。

很多年前，一個小女子寫下了這樣一段話：

> 時代的列車轟轟地向前開，我們坐在車上，經過的也許不過是幾條熟悉的街衢，可在漫天的火光中也自驚心動魄。就可惜我們只顧忙著在轉瞬即逝的店鋪的櫥窗裏找尋我們自己的身影——我們只看見自己的臉，蒼白，渺小，我們的自私與空虛，我們恬不知恥的愚蠢，誰都像我們一樣，然後我們每個人都是孤獨的。

這個小女人就是現在為小資們追捧的張愛玲，但往往大家基本上忽略她的這段話。這是一個有自省的人才能說得出來的，我體會到了，卻被她說出來了。

不管是傅佩榮，也不管是張愛玲，這些人面對人生這個無奈的東西，對人生都有不同的理解。但不管如何，我們都會覺得活

著就是好的。雖然人生裏有那麼多的無奈,說得人們都好像不願意說起的了。但它依然橫亙在每個人的面前。按一個外國心理學家的說法,當我們追問人生的意義的時候,我們就病了。所以,千萬別去追問人生的意義,因為它本身存在的,但你卻是不能以語言來歸納的。人生而無意義,一種偶然的生命體有意義嗎?但我們要力圖讓它有意義,但又必須讓這種意義讓我們渾然不覺。正如你身在福中,你卻不太能感受到福的存在。傑克遜死了,他的十多位粉絲自殺了,真不知道應該說他們是愚昧的,還是說他們是熱情執著的。能不能說他們也如同一些為某種主義獻身的人?

最近我認識了一個年輕人,他身體單薄,他待人有禮,他保持著早睡早起的習慣,保持著給在大學的弟弟匯錢,保持著聽收音機的習慣,保持著自己做飯的習慣……在一種平淡的表像下面,我其實是被震憾了,我知道,其實他就是一種生命的躍動。讓人想起尼采的話:我的大海波瀾不驚,誰能猜到它隱藏著戲謔的巨怪。是的,那頭巨怪會讓我們的生活熠熠生輝,那頭巨怪會讓我們最終也不至於對這個世界絕望……

# 冬天裏說幸福指數

　　冬日暖陽，遠處的山上依然積滿了雪，星期天我們在下鄉的路上顛簸，同行的一個人看著路邊曬太陽喝茶的人說，同在冬天的太陽下，他們的幸福指數肯定比我們要高得多。坐在車上，「幸福指數」這四個字竟一時在頭腦中揮之不去。

　　「幸福指數」，這個詞是個「舶來品」，早已為大眾熟知，不再新鮮。不過我想，這個詞語具體是什麼意思，大多數人同我一樣也說不清楚。僅從字面上理解，它無疑與民眾的生活品質有關，但具體用哪些指標來考核考察，我們也無從說起。首先是因為我們對幸福的理解各有各的不同，它的指數從何而來就叫人心生疑惑。這個冬天的雪來得比往年早一些，時值初冬，已有不少雪災的消息像雪花飄落在報上，但在全球變暖的恐懼中，下幾場讓人驚心動魄的雪不也是好事嗎？看來幸福跟下雪一樣也具有相對性。

　　亞當‧斯密說，「經濟發展應當以公民的幸福生活為目標」。幸福是一種個體的體驗，用別人的標準顯然是難以衡量自己的幸福感的。我們不能說，一個與世無爭、衣食無著的人會比一個業務繁忙、日擲萬金的人還具幸福感，但也不能說打著高爾夫球的富翁就一定比吃著粗茶淡飯的人幸福。有時候，一擲千金不是幸福，而貧窮著聽風聲也未必就是浪漫。SOHO中國有限公司董事長潘石屹，曾在幾年前橫穿中國中西部，在他的《西行25

度》中寫道：「現在城裏人，各行各業的人都說做事情難，做女人難，做企業家難，做成功的企業家在中國可苦了。我覺得這些都是裝出來的情緒。出來看一看西部的農民，他們才真是很苦，比那些天天叫嚷做這個事情難，做那個事情難的城裏人，他們要難上幾十倍、幾百倍，但他們生活得很愉快。」

眾多的城市白領好像與農民相比要容易得多，但職場的生活卻也很多時候是難以讓人愉快的。這好像是種悖論，一方面是很難很難，一方面又是很愉快。而潘石屹的話也肯定不為西部的農民所完全接受，他們真的如同潘說的那樣生活得很愉快嗎？或許僅僅是因為他們對外部的世界缺乏更多的瞭解，他們大多數人肯定不知道潘石屹這個名字跟財富、跟時尚、跟品位、跟效率是相關聯的。

同時，可不可以這樣理解，物質的豐盈導致一種邊際效應，它越發讓人體味不到物質帶來的幸福了。一個吃著山珍海味的人還懷念下鄉插隊時吃的粗糧，未免顯得有些矯情，但可能也是一種實情。經濟的飛速發展帶來了現代社會的焦躁和憂慮，短暫的幸福竟然是由個體的長久痛苦換來，這在西方社會已是演練過一次了。「幸福指數」雖然不可以完全用一些固定的指標來衡量，但大致它又是涉及很多具體的領域，並非空洞無物。它跟一個人接受的教育程度、跟一個人的身體健康、跟一個人的社會認同度等有關，卻又不完全有關。

「幸福指數」高頻率地出現在當下，是不是也正從一個側面反映出了我們的社會在以GDP為中心的國民經濟核算體系下，人們已不僅僅滿足於追求物質的增長，而也更加注重人作為社會人的感受，這應該說是一種進步。「幸福指數」應當有一定的科

學性和公信力，它不應該完全是由數字統計出來的，它也是沒有一定範本的。正如天堂樂隊早年的一首歌唱的：「幸福就是活該」。因為幸福就是你覺得幸福就是幸福，而幸福指數也是你覺得它有多高它就是多高。

# 他們都挺能說的

最近，一個九歲小學生的演講視頻在網上流傳，他能夠面對著鏡頭滔滔不絕地說上十幾分鐘的話，即興演講也能做到形容詞眾多、排比句不斷，真是有些讓人難以置信。褒之者視之為天才，貶之者謂之腦殘，並上升到家庭教育和學校語文教育之禍的層面。我個人的感覺是，這個小孩子的確是挺能說，雖然顯得早熟早慧，雖然講的很多話也是廢話，而且有時候話一多就難免前後矛盾、誇大其詞，比如說「自己已經寫了一千多本日記」，比如說「奧巴馬已經把美國人民治理的那麼好，奧巴馬自從上任後美國醫療等各個方面都獲得了很大的進步」。

對此，我沒有覺得這個小孩子是天才，也沒有覺得他是個演講高手，不過，他的確是挺能說的，也就是屬於那種非常健談的人而已。他的東北腔的確是能把很多成年人也能鎮住的，他利索的表達能力還是讓人羨慕的。也足以讓我相信，《大話西遊》中的一個情節不是瞎編的，牛魔王的部下的確是被唐僧的車軲轆話弄死的。還好，我還沒有被這個口若懸河、廢話連篇的小子嚇死。

無獨有偶，華遠集團董事長任志強最近又再一次顯示了他語不驚人死不休的能說才幹，他居然說，年輕人就該買不起房。任志強怎麼看也應該還算是個社會的精英吧，他這樣信口雌黃，連一些基本的常識也忽略了，他在將中國年輕人與美國年輕人比較

的時候也忽略了社會保障、收入差距、求職艱難等因素的影響。正如一個女教授將英國和德國的房價折合成人民幣後，得出的結論是英國的房價比中國高多了，而她可能是忘記了把英德的工資也折合成人民幣。正如學者汪丁丁所言，現在中國轉型時期，精英的內在品質不僅被弱化，甚至比平均品質還要低劣。誠哉斯言！

任志強的確是挺能說的，他說不應該講「居者有其屋」，而是「居者有其所」就行了，隨便有個地方住就行了，不一定非要買房，因為他們修的房子不是為窮人修的。話也說得在理，有錢才能買房子吧，正如現在說的楊白勞還債是天經地義的事情啊。可是，那位因一盒「天價煙」而丟官、後又因為受賄而被判刑的南京市江寧區房產局長周久耕，不就曾經揚言懲處敢於降價銷售樓盤的開發商嗎？任志強也就避重就輕了，單單說很多年輕人無需買房的合理前提，卻閉口不提房價的泡沫化高企。

現在能說會道的人挺多的，巴西一個足球教練到中國，感歎中國人評球的水準之高，說起來是一套一套的，都讓他感覺有些震驚了，他簡直弄不懂為什麼中國足球還是不行。其實道理很簡單，中國人踢球的人太少，看球說球的人委實太多太多。從九歲小孩，到社會精英代表任志強，無一不是能說會道的，一不小心，稻草就被他們說成是金條了。

不過，小孩子說說也就完事了，我們也當成是單口相聲聽聽，最多不過是讓我們有些討厭他的「成人腔」，於社會也無多大危害。而任志強只會讓人想到「巧言令色，鮮矣仁」，他們其實是佔據著社會資源的特殊群體，卻還說著冠冕堂皇的理由，盡力維護小集團利益之事。早在幾個世紀前，歐洲就把知識份子比

作社會的良心，像任志強那樣能說的人，已退化成為社會的偽精
英了，不會是社會的良心了，雖然他挺能說的。

第四輯　讀看時光

# 這些奇妙的詩句

　　詩歌於我是一種不可抗拒的誘惑，雖然迄今為止我沒有發表過一首詩，但總是保留著對詩歌的濃厚的閱讀興趣。那些用魔術般語言堆砌起來的句子，不啻是簡短質樸的祈禱，簡直就是佈滿玄機的天籟。

　　每當我心神不寧的時候，我總會找出一本詩集來讀，慢慢地那種心力交瘁、燠熱難熬的感覺便會蕩然無存；唇間留下的是淡淡的餘香，彷彿置身於清泉環階，白雲繞石的境地，獲得一種空曠寧靜、蕭散疏逸的奇妙的享受。最讓我難以忘懷的是十多年前還是學生的時候，在擁塞的寢室裏點著蠟燭讀朦朧詩的情景，真是恍如隔世，又彷彿就發生在昨天。

　　北島、舒婷、顧城、芒克、江河，這些名字是那樣的熟稔，這些被稱之為「朦朧詩人」的一代人，當時曾經掀起過怎樣的波瀾呀。但不管物事人非，世事滄桑，現在我同樣可以聞到他們寫的那些奇妙詩句所散發出來的芬芳，同樣可以感受到詩人跳動的脈搏，我好像與它們建立起了一種秘密的契約，不經意的相遇也會感覺到內心泛起的層層漣漪。那些鐫刻在記憶裏的奇妙的詩句，伴我走過了風風雨雨。我因詩及人，平時也特別愛關注那些詩人的近況，就像關注多年未曾晤面的朋友一樣，他們的人生際遇有時候顯得比他們的詩句更加讓人唏噓不已。

　　「與其在懸崖上展覽千年，不如在愛人肩頭痛哭一晚。」很長的時間以來我都在抗拒著汪國真、席慕容的那些精緻雅麗的詩句，在我看來它們只不過是一種裝飾品而已，與內心無關。但是舒婷的詩準確地擊中了我的心臟，那種脈脈的溫情溢漫過我的全身。讀詩的時候，我幻想著女詩人的模樣，遙想著詩人是在怎麼樣的一種景況下寫出來的。直到一九九六年我在成都人民南路一個小書店裏買到一本《舒婷的詩》的時候，我才在扉頁看到了作者像，雖然女詩人沒有想像中的那樣美麗，但我覺得那樣似乎更加真切，她心泉澆育的詩句宣敘著可遇而不可求的愛情，描摹著難以直視的愛情。還有《致橡樹》簡直就是一種愛情的宣言。記得一次上課時給學生介紹《神女峰》這首詩時，一個學生的想像似乎超越了女詩人，「與其在愛人肩頭痛哭一晚，不如溫柔同眠。」是啊，在這個商品經濟意識如水銀般落地無孔不入的時代，要保持詩的純潔性也許是一種奢望了。舒婷現在過著平靜而幸福的生活。

　　「黑夜給了我黑色的眼睛，我卻用它尋找光明。」顧城的詩在骨髓深處透著一種深刻的絕望，他用他的迷茫為自己構築起了一個童話世界。但黑色往往與神秘、死亡是聯繫在一起的，當我在一次求職的面試中以這句詩結束我的演講時，顧城已經命喪激流島好幾年了。記住一個詩人總是比忘記一個詩人要困難得多，他那無助的眼神讓人覺得他就是繆斯的化身。

　　「我們一輩子的奮鬥，就是為了裝得像個人。」於堅的詩句突破了虛偽的柵欄。每天過著瑣屑的日子，極力要在生活中抓住些什麼，極力要在生活中得到些什麼的時候，猛地被於堅的詩句驚醒，如何真實地生活是於堅給我們的一個新的課題，我用了將

近十年的時間才讀懂於堅的這句詩。這個身強力壯、精力旺盛的詩人現在奔波於雲南的山山水水，寫出了大量的散記，同時也寫出了《純棉的母親》這樣洋溢著親情的文字。

「當蜘蛛網無情地查封了我的爐臺，當灰燼的餘煙歎息著貧困的悲哀，我依然固執地鋪平失望的灰燼，用美麗的雪花寫下：相信未來。」食指的詩句告訴我，要忠實於年輕時的夢想。雖然夢也會褪色，有些難受也會出來，但相信未來，相信生命，卻成了支撐我前行的動力。食指很長的時間都是靠著朋友的接濟才能生活，但他卻像一隻啼血的杜鵑還在高歌。他的善終可能會是在精神病醫院裏了，這是多麼讓人沮喪又欣慰的事情啊，我只有默默地祝願他生活得更好一些。

「面朝大海，春暖花開。」海子的詩句讓我感受到了他的赤子般的情懷，他是一個詩歌的殉道者。這個天才詩人的死極為慘烈，他的死預示了一個詩歌時代的終結。相比之下，寫出「卑鄙是卑鄙者的通行證，高尚是高尚者的墓誌銘」的北島現在生活得最充實，他穿梭於世界各地，寫下過諸如《午夜之門》的文章，少了往日的輕狂，多了些許的厚重。

在這些美麗的詩句的浸潤中，歲月在悄然流逝。王小波說似水流年就是「如同一個人中了邪躺在河底，眼看潺潺的流水，粼粼的波光，落葉，浮木，空玻璃瓶，一樣一樣地從身上流過去。」我現在讀著這些美麗的詩句，就有這種感受。也許沒有他們和他們的詩句，人生的確可能會是另外的一種樣子，至少對許多心裏還有溫情的人來說。也許是造物主憐憫眾生，送給了我們最好的禮物，比如這些奇妙的詩句。

# 守望：接近自由的方式

　　與大多數作家不一樣，美國作家塞林格數十年一直遁世隱居，過著一種不為人知的生活。他留下的作品也不多，但就憑他唯一的一部長篇小說《麥田裏的守望者》就使他聲名大振。很多人寫了寫多作品，卻如同過煙雲煙，而塞林格作品很少，卻能載入文學史冊，他的《麥田裏的守望者》經過五十多年時間的考驗，已成為公認的當代美國文學甚至是世界文學中的經典作品。

　　說到經典，閱讀時免不了要正襟危坐、目不斜視。但隨著閱讀的展開，卻感覺與其他經典不同的是，這本小說顯得隨意自在，收放自如，行於當行，止於當止，內容也不複雜。小說的主人公霍爾頓是一個十六歲的中學生，一個「問題少年」，幾門功課不及格被學校開除，這個敏感、純真又不乏叛逆精神的少年，隻身來到了美國的大都市紐約遊蕩了一天兩夜。他身邊的很多人虛偽透頂、讓人乏味無比。他決定去尋找一種純潔與理想的生活，逃離那個虛偽的成人世界，最後卻倒在了精神病院中。他以種種的形式來反抗成人式的虛偽，自己卻也成為「垮掉一代」的代表，不過，他卻始終嚮往東方的哲學，希望成為一個「麥田裏的守望者」：自己站在一塊麥田邊上的懸崖旁邊守望，要是正在麥田裏做遊戲的一群小孩子中有哪個沒頭沒腦地向懸崖跑來，他就過去把他捉住。

　　這部小說幾乎可以說是文學作品中的一個異數，它使我驚奇、感歎，繼而感到半信半疑，半是擊節，半是陌生；半是讚賞，半是迷惑。西方文化呈現的病態早已為人所知：人們日趨沉湎於構建一種世俗的和物質的可靠性來代替精神的可靠性，而人為什麼活著、人的精神狀態這些問題卻慢慢被擱置起來，甚至慢慢被消解。主人公霍爾頓的理想很簡單，那就是誠實、正當地幹體力活，享受浪漫愛情的歡樂，過一種簡樸的生活。在禮崩樂壞、物慾橫流的現實社會中，年輕人的理想似乎很容易被一次又一次地打碎。

　　霍爾頓是個反英雄形象，他與其他類似的人物不一樣之處在於，他的行為並未給社會造成多大的危害，更多是在內心作一種自我的鬥爭。在他的世界裏，有著對愛情的懷疑，有著對女性的軟弱與被動的嗟歎，也有著對男人的自命不凡和假模假樣的嘲笑。他的種種玩世不恭的舉止行為，這裏面肯定有他幼稚的一面，也有他可愛的一面。他一輩子痛恨電影，卻又不得不在電影中消磨時光；他討厭虛榮的女友，卻又迷戀她的美色……結果是自己因精神崩潰而進入了精神病院，但這裏卻又是他脫離現實世界的一個好的避難所。他深深地感覺到了抱怨的對象和憤怒的對象不明確，感覺到要解決一切問題，只有深深地追索那些自己也不甚明瞭的根源。在「守望」的自我砥礪聲中，這種來自自我的力量比他在任何時候都還更有力量，還更有洞見性。懷疑是人類成熟的一個標誌，但是懷疑本身的最後有效性也是值得我們懷疑的。

　　霍爾頓顯然也沒有徹底垮掉，他還是理智的，在說出了世界有毛病的時候，他還是說出了自己也病了，而且病得不輕。與

自由的接近方式，他認為最好只有守望了。守望的姿態使我們有
了希望，雖然這種姿態依然顯得那麼不切實際，而且這種守望的
姿態還有幾分顧影自憐，但卻依然驚動了我。守望，因為我們總
需要一個精神的家園，需要一個內心的歸宿。泰戈爾有一首詩：
如果你在黑暗中看不見腳下的路，就把你的肋骨拆下來，當作火
把點燃，照著自己向前走吧。這首詩曾經讓我心靈震顫不已。是
的，現在讀著《麥田裏的守望者》，我看到了這樣的人，他就是
大洋彼岸的那個小夥子——霍爾頓，那種守望就是一種燃燒，就
是把自己的肋骨拆下來的燃燒。

　　如黑格爾所說的，一句格言，從年輕人的口中說出來，總
是沒有那種飽經滄桑的成年人的智慧中所具有的全部意義與廣袤
性，後者能夠表達出這句格言所包含的全部內容。但很多時間，
也許我們更容易相信一個孩子、一個少年、一個青年的話，而不
再相信一個飽經風霜、一個老於世故的老人的話。他的守望，是
那樣真誠，正如愛因斯坦終生敬重傻騎士，不是因為這些騎士有
什麼大的功業，而是他們都有一顆顆純潔的靈魂，連刻薄的魯迅
先生也不曾對孔子的「不可與言而與之言」、「知其不可為而為
之」有什麼輕慢，就是因為霍爾頓的這種類似於騎士和孔子的聖
徒、聖人性格是不可以取笑的。因為你可以沒有夢想，但是你卻
不能嘲笑一個人看似荒誕的夢想。

　　塞林格的這部小說，在悲涼中始終彌漫著一種無可奈何的迷
茫。霍爾頓依然是優柔的，依然是低迷的，依然是惶惑的，依然
是沒落的，他所能做的一切無非是將一種形而上的情緒盡可能地
發揮。除此，面對這個紛繁蕪雜的世界，他還能選擇什麼更有把
握的東西呢？這依然是塞林格留給我們的一個無法解答的問題：

「我是誰」、「我從哪裡來」、「我要到哪裡去」。不自由是我
們的一種原感受力，正如生老病死一樣，我們都在懷著一種鄉愁
尋找家園，懷著一種希望在守望，這種守望也是一種尋找，也是
接近心靈自由的一種方式，因為我們或許永遠不能達到理想的
彼岸。

　　有時候除了守望，我們別無選擇……

# 邊疆，一次心靈的遠足

　　看殘雪的暢銷荒誕小說《邊疆》，的確是經受不住廣告語的誘惑，日本的《讀賣新聞》說「殘雪的作品不就是新的『世界文學』的強有力的、先驅的作品嗎？」、著名評論家劉再復說「殘雪是一個真正進入文學狀態的孤獨者，……從而保持文學尊嚴與靈魂活力的『稀有動物』」。假期花了一個通宵細讀完了這本荒誕小說，荒誕小說往往是一個陰森的隧道，你進入這裏後就無法預知以後的一切，只有想儘快走出這個與現實世界還殘存聯繫的詭異之地，但你無任何捷徑可走，只有隨著作者一道去經歷一次遠足中的歷險。

　　全書充滿了一種詭異的氣氛，小說講述了邊疆小石城裏幾個異鄉客的生活，多年前，六謹的父母為追求愛情來到了這個邊疆小城，他們發現邊疆小城的一切事物都處於無形勝有形的狀態，並逐漸從詭異的生活中發現異常事物是如何闖入人的生活內部的；六謹成人後，決心重走父母的道路，放棄了回大城市生活的機會，通過她與邊疆小石城形形色色人物的接觸後，她對邊疆的事物也產生了荒誕不經的認識與想像。邊疆小石城成為讓人進入異常事物的一方淨土。小說家殘雪，她在小說《邊疆》中通篇給我們製造夢魘般的感覺，沒有太清晰的故事情節，雖然情節看似還有一定的關聯，人物的對話有時候也是不著邊際，彷彿是人物在自言自語，更像夢中囈語。整部小說看似一幅斷斷續續的夢的片斷的連綴，又像是一個經神病患者旁若無人的自言自語。

　　《邊疆》總體上可以說是作者對人性的脆弱的認識，對自然的頂禮膜拜。必須承認，在真實的現實世界之中，處處有著荒誕，而且荒誕有一種非凡的魔力，因為在太過真實的現實世界裏，我們還必須要有一個比現實更為真實的荒誕世界，也就是想像中的世界。因為在任何崇高的背後都必然也藏匿著一種荒誕不經的東西，任何現實的東西也蘊含著一種想像力。人在自然面前雖然也想人定勝天，但命運之力，自然之力，是人類無法超越的。因為相對於自然來說，人本身是更容易蒼老的、更加脆弱的、漂泊不定的。六謹的父母從污濁的煙城到邊疆的小石城是為了尋夢，但這種夢最後也只能寄託在女兒六謹的身上，當父母拋下六謹一個人在邊疆小城生活時，其實他們是想通過女兒來延續自己的夢想。對邊疆，他們永遠無法真正抵達邊疆的核心，他們永遠只是過客，是邊疆的過客亦是自然的過客，不過是到邊疆作一種較長時間的遠足罷了。我們知道貝克特的《等待果陀》獲諾貝爾獎的原因是因為它「描寫了人類在荒誕的宇宙之中的尷尬處境」，但是它「使現代人從貧困境界中得到振奮」。雖然殘雪的小說，對宿命有一種極端的看法，正如哲學家海德格爾描述過的這種荒誕情形，深沉的無聊如濃霧一般，在現實的深淵中飄來蕩去，把一切事物和人推入奇特的冷漠之中。這是任何人都擺脫不了的宿命感。但她還是讓全書文字顯得十分清醒，如邊疆吹來的風讓人始終保持著一種勃勃生機，「啟明一邊做風浴一邊想念他的家人時，並沒有絲毫的傷感。那是一種神往，貧困的家庭在這種神往中變得美麗了」，邊疆的風雖然也冷得讓人滿臉通紅，但也給人一種生活的勇氣。

　　《邊疆》是一部有著噩夢般意境的小說，小說是對傳統敘事方式的反叛。在殘雪的作品中「宿命」成了一種走向極端的東西，讓人絕望，她通過怪異、瑣碎、深入、滲透的講述方式，讓人在荒誕中也看到人物強健的心靈。作家試圖要對抗長久以來話語統治，也想清晰地表達現代人所處的真實的處境。作品中的人物，在現實中無一不是懦弱的、膽怯的，但是他們對人生的看法卻都又很執著，內心都異常堅硬。比如，啟明對自己的家相當滿意，認為物質生活對他這樣的人來說等於零，雖然家裏沒有女人，但他追求愛情卻不會因外界的變故而改變，當年他喜歡的苗條姑娘已成了體態很寬的胖大嫂了，但他對她的愛情似乎更為熾烈了。這其實是作家對現在個人在社會處境中的尷尬充滿了迷惘，對物質轟轟烈烈的索取追求，使崇高的精神追求也顯得過於荒誕可笑了。真不知道應該笑啟明的傻，還是由啟明來笑我們的傻。胡閃夫婦對女兒的冷漠無情的態度，其實從另一個側面恰好是對女兒最好的饋贈，因為冷漠，讓女兒有一顆敏感的心靈，讓她從小就有自立的能力。當六謹向阿依訴說失憶的煩惱時，阿依勸她不必為此難過，因為那樣只會徒生煩惱，因為時光不會倒轉。「邊疆地區的一個最大特徵是，屋外的景色總是對人的情緒有巨大的壓迫。雖然有這些受難之處，整體上來說她還是喜歡這裏的風景。」小說中營造的外部世界，已讓我對這個邊疆小石城有了一種隱隱的期待。小說為我們設置了許多閱讀的障礙，無疑是對讀者的巨大挑戰，但是小說一直在訴說，生命是在與自然與時間對抗，最終都會拜倒在時間和自然的面前。

　　生活是荒誕的，自然的力量是無窮的，人需要從自然中汲取養料來慰藉這無聊的人生，小說中的雪山、雪豹都是由一群孤獨

的人的想像所激發出來的。這種自然想像不是我們平時所說的青松、高山那樣都有特定的象徵意義，自然就是自然，它們沒有任何象徵意義。荒誕世界也需要人們的這種強健的精神力量和豐富的想像來支撐。「邊疆」不僅僅指地域上的，也是指心靈上的，它是一個自治的王國，一個深不可測的世界，我們無法深入一個人的內心世界，我們也無須深入到一個人的內心世界。這也許就是《邊疆》給我們最大的啟示。

# 一個人的調劑品

## ——讀《文化@私生活》

　　陸陸續續把王小峰的博客文集《文化@私生活》看完了，之所以是陸陸續續看完的，並不是這本書艱澀難懂，相反，這本書是相當的隨意、相當的自如，只是怕一下看完了，只留下掩卷四顧心茫然的落寞感。

　　誠如作者坦言：寫寫博客，像是對心靈的按摩，多少會緩解「疼痛」，把內心的躁悶抒發出來，也就舒坦了。對他而言，寫博客就是一種生活的調劑。而這必然要牽扯到他的私生活，而一個人的私生活是跟文化分不開的，一個媒體的資深主筆的生活更是與文化分不開的。但是我們透過博客偷窺他的私生活時會發現，他說的私生活也只能說是他的私人觀點，而他的私生活正是由這些私人觀點支撐著的罷了。可能「私生活」也只是作為一個看點來吸引一下讀者的眼球，這是媒體人慣用的伎倆。不過，雖然沒有偷窺到他的私生活，但是看到了他的許多私人觀點。

　　真誠，這是《文化@私生活》的底色。他談文化的形形色色、他談文化的林林總總，談飲食男女、談文化事件、談電影、談小說，甚至談髒話、談色情。不管怎麼談，文化在他眼裏都是具體的東西、好玩的東西。他對充滿智慧、充滿新意的「惡搞」表現出了極大的寬容與欣賞，他對將「童子雞」翻譯成「沒有性生活的雞」來迎合外國人表示了極大的厭惡，認為中國文化是有尊嚴的，對很多文化名人的陋習進行抨擊時，也指出是人們給他

們的自由過火了，對星巴克能不能進故宮進行了文化上的分析。這些微言大義的例子，舉不勝舉。作者有時候是舉重若輕，有時候是舉輕若重，有時候俗到極致，有時候又雅到極致，但能讓人體會到他對文化的熱愛已經有點宗教的意味了。

　　幽默，這是《文化@私生活》的本色。這種幽默是要慢慢品味的幽默，也是作者的文化優越感的體現。王小峰自己說，他寫博客，從來不寫不快樂的事情，因為不快樂的事情不用記錄也會留在心底，而往往快樂好玩的事情卻是稍縱既逝。基於這樣的認識，他的文字都浸透著一種自然而然的幽默。他寫了《〈贈汪倫〉考》，力圖考證出汪倫是個美女，其實他不是一定非要考證出汪倫是個美女，只是諷刺當今學術的八卦化現象十分氾濫而已，但這總比空喊幾句口號「反對學術八卦化」有力一百倍。「你得勇於無聊。」這是德國作家威廉·格納齊諾的小說《一把雨傘給這天用》裏的一句話。而王小峰的幽默正可以讓我與無聊作一種形而上的鬥爭。

　　這本博客文集可以說是通俗的，它避開了對文化宏大事件的敘述，也避開了「文以載道」的正經路子，可能有些只是心情的碎片。但在表面的淺顯易懂下，實則掩藏著層層的文化褶皺，只是要靠我們自己去領悟。一本書做到了坦誠、幽默、大俗大雅，還會不是一本好書嗎？不過，可能讓一些道貌岸然的「正人君子」所不齒也是可能的。正如作者說，他寫博客寫的「我博了，我寫了，我舒坦了」。魯迅說，大家都在看《紅樓夢》，「經學家看到易，道學家看到淫，才子看到纏綿，革命家看到排滿，流言家看到宮闈秘事。」這也是正常不過的事情，一本書會讓人各取所需。

《文化@私生活》是作者生活的調劑品，一不小心就成了很多人調味品。

# 給硬讀一些空間

　　據說，有人在進入圖書館面對一排排的圖書時，居然號啕大哭。可能他是在那一瞬間感覺到人生的短暫吧，在浩如煙海的圖書面前，自己真的就是如蜉蝣一般。其實大可不必這樣，叔本華也說看別人的書，就是讓自己的腦子成為別人的跑馬場，但估計他也是讓自己的腦子成為過別人的跑馬場的。不必說其他，就是《論語》的解讀本就有程樹德的《論語集釋》，有楊伯峻、錢穆、李澤厚等人的解讀本，一直到現在的于丹的《論語心得》，真不知道是「六經」注他們還是他們在注「六經」啊。

　　正如有人說的「悅讀」，那當然是讓人愉快的，在閱讀中與智者思維的靈光相遇是幸福的事情，也是足以讓人感動的事情。但很多書也許不一定讓人愉快，但我們也很有必要硬讀，只有通過硬讀，才能體味到悅讀的快感。多年前，我在昏暗的燈光下「硬讀」的第一本小說算是《百年孤獨》了，《百年孤獨》以假託的馬孔多鎮為背景，敘述了布恩地亞家族七代人的經歷。在昏暗的燈光下，我還是一字一句地硬啃完了這本小說，當時簡直被小說折騰得麻木了，只記得長著豬尾巴的小孩子，「全世界的螞蟻一起出動，沿著花園的石子小路費力地把他拖到了蟻穴中去」，還有馬孔多的雨下了四年十一個月零兩天⋯⋯除了一些片斷的記憶，已對全書所謂的孤獨沒有太多的感受了，只覺得讀完這本書是對自己耐性的極大的挑戰。也許全書的主旨就是說，世

界是孤獨的，人類是孤獨的，這是我們無法擺脫的宿命罷。有人說莫言訴小說《紅高粱》開頭一句是模仿《百年孤獨》的開頭一句，然而莫言說他根本還沒有看過《百年孤獨》，也許一流的小說家都是相通的地方。硬讀的書有孔德的《實證哲學教程》、凱西爾的《符號形式的哲學》，當然也包括叔本華的那本《作為意志和表像的世界》，這些書其實我可能只看得懂一點點，但是硬讀也有好外，它唯一的好處就是讓我覺得讀其他書是多麼愉快的事情啊。

　　莫洛亞在《巴爾扎克傳》中說：「排字工人幹巴爾扎克的活兒好比苦役犯服刑，幹完這份苦差再幹別的工作，簡直像在休息。」有人說他的作品有逼真傳神的寫實手法，汪洋恣肆的史詩場面，壯觀浩瀚的人物畫廊，銳利深刻的思想鋒芒，但恕我直言，我除了高中時期讀過課文中選的《歐也妮‧葛朗台》外，真的對他等身的著作不敢有非分的想法了，它們也許會吞噬了我的。還有那本霍金的《時間簡史》也是買來後一直讀不進的，書的廣告語是這樣說的：這本書也許你讀不懂，但讀了後，你肯定有收穫。書還沒有開始看，倒是先被這句廣告語弄暈了。人生也許不是輕鬆的，所以，在經歷過一些磨難後，我們才能體味到生活的甜美。正如經過很艱辛的勞作後才能更好地體味到片刻休憩的珍貴。

　　硬讀了一些高深莫測的書後，有時候思想上雖然一無所獲，而且身體也被這些書弄得十分疲倦，但內心卻彷彿堅硬了許多，感覺其他事情是多麼的簡單美好。是的，在那些「硬讀」結束的時間裏，最好是來場瀟瀟的春雨，然後沉沉睡去，然後再做一個簡單的夢。

# 屬於冬天的《雪國》

想起在這樣的冬日讀川端康成的小說《雪國》，緣於看了北大優秀教師朱青生寫的《十九札》，他給一個即將赴日學習的學生推薦了川端康成的小說，並說借助於川端康成的描述可以慢慢進入日本文化，瞭解那個文化。於是我冒雨去買了一本裝幀精美的小說《雪國》，在雨天的傘下，看著腳下的水窪，慢慢走回家去。一個作家曾經說，「一本安靜的書，只有在還懷著安靜的讀書者手中才可以獲得重生」。我想這本安靜的小說也是適合在一個安靜的冬天閱讀的小說。

「穿過縣界長長的隧道，但是雪國。夜空下一片白茫茫。」小說的開頭，便定下了一種冷寂的調子，那條長長的隧道也像是一堵無形的牆，將主人公島村的現實與理想世界分隔成了兩個不同的世界。桔紅的燈光下，我隨著島村的一起感受到了雪國世界的寒冷與溫暖，以及那種東方特有的雪天之美：一切都很靜謐，山是白茫茫的，連綿起伏，而溫泉的熱氣嫋嫋，混雜著少許的炊煙。這裏來來往往的遊人也多，但絲毫沒有影響到雪國的安寧，寧靜的雪山聳立已千年萬年。而小說講述的故事就將在這樣的背景中徐徐拉開它的帷幕，唯美的愛情故事與這個如桃花源般的溫泉山谷是極為和諧的。但這和諧也時時被遼遠的山谷中傳來的《勸進帳》樂曲以及那雪天中的熊熊大火所打破。

　　大師羅丹說，女性只有極短的時間是耀眼的。小說中的兩個女子驗證了這一點，但她們卻又是永恆的。駒子，是一個嬌豔的有毅力的藝妓，她堅持寫日記、看小說、練三弦琴等，她的服飾與熱情總是像雪天裏的一團火焰，她傾盡一切愛島村卻最終只能讓島村覺得她可憐；葉子，柔弱得像一片即將化掉的雪花，寧靜中卻有一種讓人嚮往的魅力，她活著也是為別人而活著的，她平靜地接受命運賜與的一切。駒子其實也明白這是一場沒有結局的徒勞的愛戀罷了，但她還是義無反顧地迷戀島村，如同島村也認為她練就的一手三弦琴技藝在雪天中也是徒勞的。

　　魯斯・本尼迪克特所著的《菊與刀》寫道：「對日本人來說，把追求幸福當作人生的重要目的的這種思想是令人吃驚的、不道德的，幸福只是一種消遣。」同時，「日本人理想中的戀愛跟結婚不是同一件事情。」這就是我們無法理解的日本人的一種奇特的思維方式，這種悖論是造成小說中人物困境的一個因素，駒子面對雪天空穀練就了一曲精湛無比的《勸進帳》，島村成了駒子人生中的唯一知音和生命的寄託，但在他遊戲人生的態度中都無法真實接受駒子，他認為真心愛一個人，只有女人才能做得到。她只是他波瀾不驚的生活中的一種調劑，填補生活中偶爾無聊的空隙。如她的琴聲一樣，駒子留給了我們一種空靈絕望的餘韻，也讓人看到了愛而不得的悲情往往是最能觸動人之心弦的東西，無數的愛情故事都有重複著這樣的主題，而川端康成卻不動聲色間完成了一段絕望的愛情故事，沒有一波三折的情節，有的只是悠遠空靈的意境和欲說還休的虛幻。給人留下一種耐人尋味的感歎。

真正鍾情於葉子的島村，是在與葉子邂逅中就喜歡上了這個面色蒼白，有著白雪質地的女孩。而人生的動人之處，往往在於一些瞬間。葉子在火車上照顧行男和讓站長關照自己的弟弟，引起了島村的注意，車外的暮色和車裏葉子姑娘奇妙地重合在車窗玻璃上，引起了島村無邊的遐想，這樣的描寫，讓葉子有了一種朦朧、神秘的詩意。對自己漂泊無定的生活，她顯出無奈，但笑著對島村說無所謂。笑聲清越得近乎悲戚，讓人體味到美到極致便是悲哀的心痛。「眼睜睜地看著你，卻無能為力，怪自己沒勇氣……」，這差不多是很多愛而不得的通病，島村最終看到的葉子竟然像個木偶似的毫無反抗地從著火的戲棚落下，僵直的身體在空中變得柔軟，火光在她慘白的臉上搖晃著，而島村站在抱著葉子的駒子後面，回憶起瞬間的往事，感覺到人生的虛幻。

對葉子死於火災，島村彷彿沒有太多的傷感，在他的眼裏，火災卻有著詩一般的意境，地上潔白的雪景，天上燦爛的銀河，與飛舞的火花構成一幅美麗的畫面。在他的心目中，葉子的死並非徹底的死亡，而是「內在生命的變形以及那變遷的過程」。島村的虛無人生到此也表現得淋漓盡致。「待島村站穩了腳跟，抬頭望去，銀河好像嘩啦一聲，向他的心坎上傾瀉了下來。」一切都行將結束，島村和駒子都又將回到各自的生活中去。這就是川端康成筆下的「雪國」，他用一種傷感的筆調表現了人的宿命，留給人一聲長長的歎息，而能讓人有歎息的小說是成功的小說。小說描繪的世界不一定是一個真實的世界，我們不可能經歷小說中的那些人和事，但是最重要的是它營造了一種可以感知的世界。雪國中的島村其實也不只是一個人，他代表的是一群面臨著生之惑的人。小說寫出了如島村一樣的人之夢想及虛無，小說也

在這種虛無中給人一種平淡無奇的感覺，而《雪國》的美恰好在這平淡無奇、魅力也恰好在於這平淡無奇。

　　《雪國》宛若一首抒情長調，看這部小說，恰好在我們生活的功利實用的真實世界裏留下了一些東西，這個雪國世界正是給了我們沒有什麼目的、沒有什麼功用的縱情想像和情感的抒發：人生的冷峻如同這冬天的寒冷，人生的無常也如同這雪國的虛幻，雖然其中也不乏有溫馨的片斷和短暫真實的一面。

# 那隻飄飛的風箏

　　好的電影和好的書一樣，是可遇而不可求的，還有好的朋友也一樣。也許不知什麼緣故，我們就會跟一些好的東西擦肩而過了。所以，我覺得好的朋友，是能夠帶給我們好的東西的人。一般而言，我看到了好書或者好的電影都會強力推薦給其他朋友，彷彿這是做朋友應該盡的職責，不然我就對不起那些好的東西。

　　看電影《追風箏的人》，是我在一個百無聊賴的夜晚，懷著一種姑且看看的心態觀看的一部電影。彷彿它只是一根無形的香煙，幫我度過一下像是被寂寞的大毒蛇纏住的夜晚。隨著劇情的深入，隨著演員出色的表演，這部電影彷彿對我實施了什麼魔法一樣，寂寞無聊的我變得心悸、惶恐，欲罷不能，甚至看到影片快要結束時，我真的有些忍不住了，真的很想嚎啕大哭一場。

　　特別是阿米爾為哈桑的兒子去追回割斷線的風箏時，他回頭對哈桑的兒子說：為你，千千萬萬遍。我體內的某種潛伏已久的東西被感召出來了，那是在這個越發冷漠的社會中變得越發冷漠的心被某種東西感動了，這也彷彿已經是很久遠的事情了。我們還能為什麼東西感動。這就是電影的力量，它延長了我們的生活之路，讓我們體會到了別樣生活與人生，彷彿我就是片中主人公，也經歷了那種種的磨礪。

　　看了電影，推薦給其他人。往往別人也會問一句，是哪個國家的電影，講的是什麼？我真的不想重述一下劇情，只是說，你

還是自己看看吧，也許不會讓你失望的。是的，我能講什麼呢，這部電影的蘊含量是這樣大，它有愛情，有戰爭，有父愛，有友誼，有忠誠，有贖罪，有暴政，有勇敢，有寬容……而且每一個支點都直抵人心深處。而且演員的表現又是那樣的本色，很多片斷都讓人回味不已，讓人久久不能從中自拔。

有人說，與一部好的電影相逢，就如同一場美妙的豔遇。對沒有豔遇的我來說，我只能對這句話不置可否，也許就是那樣的感覺吧。那隻飄忽的風箏，也是一種象徵，它可以翱翔於天空，卻也極易失去與天空的聯繫，然後隨風而逝。不正隱喻著阿富汗在蘇聯入侵前也曾有著的寧靜平和的生活嗎？戰爭的炮聲打破了這種寧靜，雖然人們甘願認為那炮聲是有人在打野鴨。但總有一天，我相信人們仍然會拾起那隻飄忽的風箏，讓它重新翱翔於藍天。

一場電影就意味著一個故事的結束，雖然這部電影的結局讓人在壓抑中還是輕輕舒了一口氣，畢竟哈桑的兒子終於露出了淺淺微笑，那表明一切會明朗起來了。一場故事結束了，另一場故事卻可能就要上演了。生與死，黑與白，罪與愛，自由與囚禁，又快要上演了。阿門！

# 幾部電影

　　最近，遇著朋友或者熟人，我經常突兀地問別人一句，有什麼好電影就推薦一下，一般是把對方嚇了一跳，然後慢慢幫我回憶看過的好電影再推薦。我覺得這是個好辦法。可以比較省時地看到更多的好電影，很多年沒有進過影院了。在漢源縣的工作是辛苦的，也是寂寞的，晚上如果不開會的話，我一般就是看一些原來不曾看的電影，算是一種補課吧。再說我也不是一個喜歡追逐時尚的人，冷一段時間再看也不錯，好的東西都是可以經受時間的考驗的，除了時尚美女。一來二去，我也看了不少電影，我也學著陝北老農一樣，抖了抖快要掉下來的羊皮襖，我也有話要說，想當年我也還算是個骨灰級影迷吧，寫的影評還得過成都市的市級獎勵，當然現在看了也寫不出什麼影評了，姑且胡亂說幾句。那就像老母豬翻門檻哈，一則一則地來吧。

　　《非誠勿擾》：這部電影基本上消除了我對國產影片失望的情緒。雖然馮小剛臉上斑的確有點嚇人，雖然他老婆的確是愛做作，但這些關我什麼事，我喜歡的是這部電影。一是情節好，各個徵婚的情節自然貫穿，主次分明，而且很有時代感，好像專為那些女演員量身定做的，讓人會心地笑了，很多時候；二是表演好，葛俠的表演上了一個臺階，拿捏得好，看得出他對舒淇好像真的有幾分意思了，舒淇入戲也很深，把怨婦演得個前無古人，後有沒有來者還讓我們拭目以待，特別是她喝酒的那表情，讓我

都感覺到醉意了，導演絕對讓她喝的是酒而不是水，用文字的確是難以描述，電影真是一門綜合性藝術；三是景色好，好像讓我免費到北京、西湖、日本等地旅遊了一圈回來。什麼叫電影，這就叫電影，只是那個破終端機有點莫名其妙，而且還被人認為是抄襲了別人的東西。我再次感謝馮小剛的八輩祖宗，如果感謝不了，至少要感謝他三輩祖宗。

《朗讀者》：又名《生死朗讀》，僅僅因為有費因斯和溫絲萊特，這部電影也就不會掉價的。還不要說這部片子，涵蓋了戰爭、愛情、懺悔、閱讀、法律等宏大的主題，給人感覺都是沉甸甸的。成年後的米夏在書房裏為女友煮雞蛋沖咖啡，一個光身子女人一晃而過，他何其紳士，他給了她的一切，除了他的心。因為他的愛情在漢娜身上就結束了，真可謂是曾經滄海難為水啊！結局讓人震憾，漢娜竟然是不識字的，所以她如此熱衷於聽別人朗讀，雖然以後她在獄中學會了閱讀，付出的代價就是自殺。費因斯很帥，讓男人也為之心動的帥，相對而言，國產片的男演員是何其膚淺啊，何其孱弱啊。這是一個關於閱讀的故事，也是探討人性的故事。看完電影，有種想去書店採購一批新書來高聲朗讀的衝動。歸納一下影片的中心思想：這個世界上是一群人生活過，愛過恨過，幹著他們或者她們也不理解的工作，然後死去；然後又一茬人繼續生活著，愛著恨著，然後也幹著他們或者她們也不太瞭解的工作，然後又將死去……看完影片，很久不能從中自拔。這就是電影的力量。

《情事》：這是一部韓國的倫理片。也是一部拍得相當細膩、婉轉的電影，有些出乎意料，因為我討厭韓國的電視劇，又臭又長的電視劇。李美淑真的太漂亮了，這不是通俗意義上的漂

亮，一個三十八歲女人的美麗，一個少婦的美麗。她演的素賢是一個相當理智，卻又可以為了愛可以不顧一切的女人，這樣的一個家庭婦女，一旦越過情感的底線，是可以不顧一切的，她可以不要兒子、可以不要丈夫，甚至可以不要親情。很溫情又很殘酷的片子，這也一部探討人性的片子，婚姻真的是合理的嗎？婚姻真的是如此脆弱得不堪一擊嗎？看得人心煩意亂。為素賢的出走擔心，愛情的保鮮期是很短的，和情人出走巴西，她以後會後悔嗎？情人會一如既往地愛她嗎？她的結局會如何？她以後會想她的兒子嗎，會想她的丈夫嗎？這樣多的問號，足以說明這是一部讓人揪心的電影。問世間情為何物，直教人生死相許，有一種平淡中的悲壯，讓人欲哭無淚。

　　以上三部影片都是我看了三遍以上的電影，好的東西不避諱重複。比較好看的還有《保持通話》、《海上鋼琴師》、《貧民窟的百萬富翁》、《死亡賽車》、《高興》、《十全九美》、《太極旗飄揚》、《瘋狂的賽車》、《生死諜變》、《刺殺希特勒》等等，恕我不一一列舉了，反正我又成影迷了。

# 一粒思想的鹽

## ——讀程寶林《洗白》箚記

　　上個世紀九十年代初期我就讀過程寶林的一些詩歌、散文，每次去成都經過紅星中路時，我都會放慢腳步，向四川日報社大樓望一眼，因為我知道程寶林就在那兒上班，可能是怕自己的冒昧與唐突吧，始終和他緣慳一面。不久之後，在《美文》雜誌上讀到他寫的英語亂彈系列短文，我得知他已去了大洋彼岸的美國，於是這個我崇敬的詩人、散文家就漸行漸遠……一個偶然的機會，我得到了一本他的散文集《故土蒼茫》，看完以後我通過電郵與他簡單交流了一下，熱情的寶林兄回答了我的一些問題，介紹了他在美國的一些近況，同時也傳來了他最新出版的思想隨筆集《洗白》。

　　細讀完這本思想隨筆集，我輕聲歎道，這真是一粒思想的鹽。正是這一粒粒的思想之鹽構成了我們生命的晶體。正如作者言：一個知識份子，應該擁有以下的幾種生活：日常生活、情感生活、藝術生活、思想生活。而且對他本人來說，這些生活是相互區別，此消彼長。《洗白》是一粒鹽，它不是詩人之鹽，它沒有黃金在天空舞蹈；它不是散文家之鹽，它沒有酒香在小巷飄過；它是思想者之鹽，有的只是理性與深刻。

一

　　《洗白》的思想價值之一，在於強調對人各種權利的尊重。

很多時候，我們不把人當成人，當成是工具、當成是機器、當成是蟻群。黑格爾說，人最可怕的事情就是被當成工具。很多時候，我們不尊重人的權利，肆意踐踏別人的權利卻渾然不覺，按魯迅的話來說，中國原是把人不當人的地方。

學者陳思和說：「提倡人文精神，就是應該提倡知識份子振作起在現實的各種壓力下日益萎縮的現實戰鬥精神，至少在社會風氣的層面上為保護人的權利和尊嚴而鬥爭。」當我們對很多事情都習以為常，自己的權利和他人的權利受到侵害時，大多數人選擇了沉默或者保持「多一事不如少一事的」心態時，作者猛然向我們喊出了一句：「我有權利！」這不啻是一聲春雷，但願能驚醒夢中的昏睡人。汶川大地震後，連一些主流媒體也是只講天災、諱言人禍，而我們有知道真相的權利。

美國蘭德公司對中國人的評價中有這樣幾句話：「中國人缺乏誠信和社會責任感。中國人不瞭解，他們作為社會個體應該對國家和社會所承擔的責任和義務。中國人只在在乎他們直系親屬的福祉，對與自己毫不相關的人所遭受的苦難則視而不見。」這些話可能過於武斷，但我們不得不承認，我們面臨的現實基本如此。我們一方面不重視別人的權利，從假髮票到假文憑，從假論文到假品牌，從流通領域蔓延到學術領域的造假，讓我們哀歎很多人良心的大面積心肌壞死。同時也不知道或者不敢維護自己的權利。在中國農村，面對權利受到侵害，法律成為盲區。很多人能忍的話，一般不會去走訴訟之路，因為他們知道那條道路漫長而且昂貴。而在拆遷中發生的悲劇，在此暫且按住不表。

現在是那個人的權利被踐踏，你不敢否定下一個不會是你。這就是我們對權利忽略的結果。在我看來，作者關注的不僅僅是

一個個的新聞事件，而是在關注作為一個人的基本權利，基於
此，作者認為很多人卻只渴望回到溫暖的床上睡一個安逸的回籠
覺……忽視權利，不尊重權利，凡此種種在《洗白》一書中比比
皆是，長此以往，我們會聽到康得的發問：人類在這地球上的生
存，還有什麼價值。

二

《洗白》的思想價值之二，在於強調對生命和制度的敬畏。

對生命的漠視是令人鄙視的，不管是漠視別人的生命還是漠
視自己的生命都是讓人心驚膽戰的事情。孔子說的「不知生，焉
知死？」，對死亡的漠視的確是開了一個壞頭。北京心理危機研
究與干預中心提供的數據稱，中國每年至少有二十五萬人自殺，
二百萬人自殺未遂。每每說到這，很多人會扔下一句，反正中國
人多的是，死一點也不算什麼好大的事。當然這個一點裏面自然
沒有包括說這樣話的人吧。而我們細分析一下，這個龐大自殺人
群裏，不乏對社會公正不確定性的最後抗爭。

在《憤怒的荔枝》中，作者悲憤地說道：「這顆價值五十五
點五萬元的荔枝，足以支付幾十名死難者的撫恤金；但是一百
顆、一千顆這樣貴的荔枝，也換不回一名苦命礦工螻蟻般的生
命。」這體現了一種民本思想，也充分體現了作者對生命的尊
重，每一個生命在歷史的長河中都有其不可替代的價值。在《是
勇敢，還是愚昧？》中，以四川的救火小英雄賴寧等人為例，作
者對「鼓動未成年人拼命、不要命的野蠻愚昧教育，似乎為了國
家，為了集體、為了社會、為了祖國，為了一切高尚的、偉大的
理由，任何個體生命的喪失，不管他們多麼弱小幼小，都是正常

的，應該人人效而仿之」進行了嚴厲的批判。「和山上的幾棵國家的樹林相比，這個四川農民兒子的未成年的生命，只是一條小命。」雖然賴寧不是一個農民的兒子，但文中的這個小錯誤掩蓋不住那種對珍愛生命的吶喊。在《無話可說》中針對金堂縣李桂芳之女的慘死，作者發出了這樣的提問：「是什麼東西，使得他們變得如此冷漠，把一個幼小的生命，看得輕如草芥、微如螻蟻？」作者對生命的思考，首先是要尊重生命，即使是犯罪嫌疑人，只要他罪不當死，其他人不能隨意剝奪其生命，二是捨身為財不足取，甚至為所謂的道義也不足取。

《敬畏制度，才有文明》中作者給我們勾畫了一種美好的情景，如果一名小小的交通警察，可以當著市長的面，對他違章的座駕司機開出罰單，且不必擔心自己受到交警隊長的訓斥甚至處罰，制度的威嚴就建立起來了。中國從本質上講是一個熟人的社會，重關係輕制度。俗話說的，「人熟了，就是飛機也要剎一腳」，哪裡還受什麼規章制度的約束與規範。而且愈是能打破這些規章制度的人，在其他人眼裏就是一個能幹的人，一個有本事的人，一個讓大家羨慕的人。沒有人會指責這樣的人，有的只是怪自己沒有本事去打破那些規章制度。面對如此種種，作者感歎：不敬畏制度，我們離文明越遠。的確是對敬畏制度的深情呼喚。

三

《洗白》的思想價值之三，在於強調對所謂的道德的質疑。

歷史學家黃仁宇說，純粹的道德批評是毫無意義的。對道德的質疑，不是說不要道德，相反正是因為道德淪喪才讓我們進一步思考道德的問題。在《天下無男乎》中，作者並沒有一味地

指責楊振寧是如何的道德敗壞，而是理性地說道德的自律不能沒有，而且指明對這樣的老少戀，旁人無權干涉，但一些為其唱讚歌就令人齒冷了。我們僅僅從道德的層面批評的確是無益於事的。如正一些罵貪官的人，不是說這些罵貪官的人有多麼高的道德水準，他們罵的，也只是緣於自己沒有這樣的機會去貪污腐化一下。所以，愈是罵得凶，愈反映出他們內在的渴望。

正如我們對范美忠的指責一樣，捫心自問，有多少人有權利、有資格對范美忠說三道四。很多人對范的批評與指責，恰好是說明了自己內心的孱弱，通過指責他來抬高自己的道德感，給自己披上一件華美的外衣而已。范美忠的錯，在於他說出了他真實的想法，也許這是他唯一的錯。正如我們對待大學中的戀愛一樣，我們可以不提倡，但絕對不可以反對。同理，我們對范的行為也不提倡，但也不能視之為洪水猛獸。道德，多少罪惡假汝之名以行。而這個道理被作者的金睛火眼看穿，並昭示以人，卻招來一片罵聲。在此，我謹向作者敢冒天下之大不韙表示我深深的敬意。

四

當然，作為身處美國的作者來說，我們不妨把他對故國的一些批評理解成「愛之深，責之也切」。通過細讀全書，我們也不難發現，作者在用熱心腸關心我們這個國度、用冷眼看那些世間不平事時，他不只是一味的批判，也有不少建設性的東西，在一手執批判大旗的時候，也不忘高揚建設的旗幟。這也是作者作為一個知識份子最可寶貴的地方。說實在的，批評總要比建設來得容易得多。

　　也許在大洋彼岸生活已久的作者，已漸漸靠近了西方文化的內核。當他再回望中國發生的一切，自然生發出許多感歎。正因為這個原因，我個人也對作者的一些觀點不敢苟同，或者認同觀點，但只是覺得現在中國有具體的國情，一些所謂的普世價值要在中國發揚光大，明顯也是作者一廂情願的理想。程寶林作為一個獨立的思想者，他不是象牙塔裡的思考者，但作為一個身處異國的思想者，他的此書仍然有一定思想的局限性。

　　一是對所謂的普世理論的一味推崇。這種「普世價值」只是歐美世界的地方性知識。而我們要充分考慮到中國國情，這不是一種托詞，現實如此。而按照葛蘭西對「有機知識份子的」界定，知識份子的表達必然代表著某一個階層或者集團的利益，不管他是否意識到這點。在全球化的今天，跨國資本控制著世界體系，而中國的國情與中國的道路，使得它不會按西方的既定路線進行，即使在全球化的趨勢下。顧准臨終前對吳敬璉說，「時機不到，你想報國也沒有用，沒有這種可能性。還是要繼續我們的研究，把中國的問題研究清楚，那樣才能對國家提出有用的意見」。

　　二是對法治的迷信。我們強調依法治國的同時，也要強調以德治國。如同書中舉的辛普森案例來說，無罪推定固然可以不冤枉任何一個好人，但是卻可能放過一些壞人。這個司法原則保護了殺人者的人權，但卻又踐踏了被殺者的人權。還有關於「死刑」廢除等，在中國還有漫長的道路要走，不能操之過急，一些想法固然是好，但嚴酷現實還不允許一些美好的想法能很快變成現實。

　　三是有時候低估了讀者的智商。讓人想起「四七二十八」的故事，一個人說四七是二十七，一個說是二十八，並爭論到了縣太爺那裏，結果說四七是二十八的人被打了一頓，打得他連連叫冤。縣太爺說，雖然你說的是正確的，但你還要去爭這不用爭的問題，所以更應該被打的是你。所以，當我看到作者在書中收錄了在論壇上和一些網友的爭論，就想起了這個故事，並會心一笑。不過，這也正是顯示了作者在思想冷峻與尖銳背後的那種可愛，那種「赤子」之心。

　　寫出《洗白》這樣一部書是需要思想的鋒芒，更需要膽量的。正如為「范跑跑」三辯，七議李輝，在網上也招來不少的罵名。當然除了一些無理的謾罵，與作者探討問題的網友中也不乏有真知灼見者。有時候，角度不同，結論就會大相徑庭，我們也不能籠統地說誰是誰非。梁啟超在《李鴻章傳》開篇這樣概括李的一生：「天下唯庸人無咎無譽。」譽滿天下也謗滿天下，可能寶林兄正享受著這樣的待遇，不過享受這樣待遇的人很多是真正的思想者，他們不懼權勢，不計個人恩怨，體現著一個公共知識份子的本色，而不是作為一個「競走權門」下的偽精英。

　　美國的尼布林博士說過的一非常經典的話：「我祈求上天賜我平靜的心，接受那些不可改變的事；給我勇氣，改變那些可以改變的事；並賜予我，分辨這兩者的智慧。」這句話經常讓我沉思良久，一如讀《洗白》讓我沉思良久一樣。但願寶林兄思想之鹽，能不斷把我們從庸常的生活中和渾噩中拉出來，不斷催成我們精神與思想的成長。我們期待著到寶林兄更多的思想之鹽，靜心閱讀時，我們將與思想靈魂擦肩而過。

# 一個人的成長史

——讀程寶林《故土蒼茫》箚記

　　陸陸續續地把程寶林的散文新作《故土蒼茫》看完了。按理說，春天不是讀書天，而且好多時候，我的確很難把一本書從頭到尾認真看完了，也許是隨著資訊的發達，我們也日益變得浮躁起來了吧。可是在這樣一個美好的春天，我們感受著春的氣息，也有一本好書翩然而至，不是一件令人愉快的事情嗎？

　　說實話，現在看了太多的偽抒情散文，真的有些害怕，那一碗碗的心靈雞湯，彷彿是睿智無比，但總是感覺多了一些嬌情、少了幾許的坦誠，雖然更細膩華美，卻少了抒情與質疑。包括一些書名也弄得性感十足，彷彿不這樣，就不叫散文。《故土蒼茫》，僅僅從書名來看，它就是大氣的，它沒有「問蒼茫大地，誰主沉浮」的豪邁，只能說這本書是關於大地的書，它是腳踏實際的書。與現在眾多的散文創作中追求前衛的風潮而言，它的獨特性在於不跟風、不追求怪異的風格，它是天然而成的，又秉承了詩人的詩性，有黃金般的質地，有醇酒般的香味。讀這本書，彷彿讓我得以一次心靈的遠足。

　　全書的脈絡大致以三個地方來鎖定，但同時又有讓人有一種時空交錯的感覺：一是作者的故鄉湖北荊門市一個縣城的村落，一是作者戀愛、成家、生子的第二故鄉成都，一是作者現在生活的大洋彼岸美國。這三個點，包括北京在內，我們比較清晰地看到一個人的成長史，這個「人」土洋結合，這個「人」內裏如

一，關鍵是這個「人」是獨一無二，不可複製的，荊門、成都、美國也由此成為這個人的幾個關鍵字，這趟閱讀之旅也無法避開這幾個關鍵字。

一

　　湖北省荊門市一個叫歇張村的地方，是程寶林的人生第一個驛站。這個在中國廣袤大地上的普通的村落，因為程寶林的文章得以讓更多的人知道，從而讓這個村落成為一個不同於其他村落的符號，與其說是程寶林為這個村落做了一個標籤，不如說是這個村落給程寶林的人生打上了難以磨滅的烙印。「農民、農村、農業」這是作者關注的，但我們也知道他不是黨委、政府的政策研究室工作人員，他更多是把自己作為目擊者和當事人，來進行「底層敘事」的。

　　在這個娛樂至死的年代，「底層敘事」真是一件吃力不討好的事情，但是程寶林從來沒有回避它。因為他依然是一個本色的作家，一個沒有忘本的作家。很多從鄉村走出來的作家，慢慢也蛻變成追逐聲色犬馬的人，慢慢忘記了他們肩負的使命「為天地立心，為生民請命」。而通過文學的這種方式，雖然它的力量有限，但是它可以無限地輻射開來。於是，程寶林把他的筆端指向了一個叫歇張村的地方，這裏有生他養他的父母，有一大群有血緣關係的人，有他熟悉的鄉鄰。於是，這些人物被他盡收筆端：有含辛茹苦的父母，有可憐可悲的堂妹，有被鄉村賭博害了的同學，有命運多舛的老師，有留守的孩子，有熊傳華這樣的帶有幾分傳奇色彩的人物，這一組群像通過作者的白描，讓我們得以更加真實地透視中國的農村社會。

　　當然，程寶林的可貴之處不是僅僅站在一個居高臨下的位置，對農村的現狀、對農民的艱辛灑下幾粒熱淚了事，如果這樣，那「底層敘事」的意義就值得讓我們打一個問號。作者在《祖屋》中寫道「我對幾間即將建造的鄉村小屋的祝福，其實，涵蓋著我所來自的那個龐大人群。……我相信，總有一天，他們要得新擁有土地，成為土地法律意義上的主人，而不是目前本質意義上的租種者。」相對其他很多農村題材的寫作者，作者的思考更為深入，他沒有停留在表面的同情，也沒有抒寫那些堆砌的虛假幸福，因為對作者而言，農民的「尊嚴」與「人格」，似乎更要超過了作者對農民基本生活的關注。如在《布衣自有憂國心》對熊傳華的描述中，可能被一些高高在上的人看來，這樣的人是精神上有些問題的人，但在作者的眼中，他們不只是「零餘者」和「弱勢群體」的代表，他們有思想，有追求，而且思考的水準可能讓一些象牙塔裡的學者汗顏。比如這位布衣竟然考慮到了鄉鎮幹部的直選問題、計劃生育的一些負面問題、生態移民和政策移民問題，這些思考出自於一個農民，讓人有些不可思議。

　　當程寶林的眼光超越了那些膚淺的惻隱之心，他將眼光投放在一種並不詩意的現實上，雖然他的身份依然是個詩人。如果回避現實，如果只談浪漫，那是他的強項，但他不是只有田園牧歌式的情調，當然也不只有赤裸裸的現實翻版。我們試想一下，如果缺失了對農村問題的深思考，他的描述必然是有缺陷的，不完整的。我們彷彿已經習慣於那們偽浪漫主義的歌頌，新農村的建設如火如荼，但作者筆下的農村給人的感覺最為真實。它不是系統化的理論文章，也沒有最終結出什麼調研的成果。但是通過這些鄉村筆記，我們能感覺到作者對農村的真正熱愛，這也是他

對農村敘事的優勢所在，他沒有浮光掠影，他和在這個村莊的人融為一體。從而也讓我相信了一個道理，離開了本土化，背離了人性，一個作者的眼光必然是近視的，他的路也是走不遠的。農村、農民、農業，這可能是作者永遠的主題。

是的，我相信香港作家董橋說的，寫文章是一種智力活動，要講究情趣的。對每一個寫作者來說，我相信這也是必然的，但是當一個作家終日沉緬於個人情趣的時候，其實他離大地已經遠了。而在我看來，董橋這樣的作家，有情有趣，可始終少了點什麼東西。他少的東西，正在程寶林身上那分固有的土氣，他對農村泥土的圖騰與對上面生活的人的那種摯愛。小情趣產生不了大悲憫，如果程寶林在單純的敘事中沒有那種大悲憫，如果程寶林在單純的敘事中沒有那種批判鋒芒，那麼就意味著他真正的淪落。一個高明的寫作者應該有這樣的本事，一方之言，可得八方之和。我相信，文學的魅力還是引發人的共鳴，尤其讓我驚訝的是，在《父母的批判》一文中，作者看似毫不留情地批評了父母的一些陋習，由經濟狀況和生活環境造成的兩代的隔膜，但是作者無疑是給我們提供了一份中國農村農民生存狀況的調查報告，而且是形象化的、文學化的調查報告。

歇張村，這只是一個中國農村村落的標本，很多人不願意去深究它，最多不過是為之灑一點毫無作用的眼淚水。歇張村只是一個小地方，也許是縣域的地圖上也難以找到它的所在，但它因《蒼茫大地》會成為一個空間意義上的「中國農村村落」的所在，作者通過他敏銳的眼光去發現一切，描述一切的時候，在這個小地方，擁有了很多作品不具備的文學景觀。所以，當我得知程寶林對農村的土地流轉等敏感問題也與政府的一些思路不謀而

合時，也就不顯得不足為怪了。說實話，我在看程寶林的鄉村筆記時，雖然看到了太多的苦難描述，雖然看到了太多的憂傷，但每一篇作者都讓我們感覺到作者「對這土地愛得深沉」。

二

　　成都，是川西平原上的特大中心城市，在《故土蒼茫》中我們可以知道，作者是把這個城市作為自己的第二故鄉。「錦城雖雲樂，不如早還家。」成都，按道理講，是一個讓人意志銷磨的地方，古有「少不入川」之說，就是怕青年人耽於享受，失去了進取的精神。大學畢業即來川工作的作者，在成都戀愛、結婚、生子、工作、學英語考託福，一樣沒有落下。成都，這座讓人來了就不想走的城市最終還是讓程寶林短暫離開了，雖然成都依舊有他的房屋他的家。他不乏湖北人有的精明，也不乏川人的豁達。

　　令我著迷的是程寶林對成都的描述。偌大一個都市，對客居於此，或者說定居於此的他來說，他的筆不觸及這座城市，那麼他是有負於這個城市的。不同於其他對城市的描述者，程寶林將筆依然是伸向了底層的人們。城市符號學上有一個研究是關於日常生活的，這最能也最直接反映出一個城市的生活狀況。的確，成都是個休閒的城市，這裏有眾多的茶館和版面眾多的市民報紙，這裏的確是一個生活節奏緩慢、適合人居的城市。

　　在作者描述成都的眾多文章中，我特別鍾情於《持梅相贈》，這是一篇詩意充沛又充滿了人間煙火味的文章，是可以用來解讀成都的。文中的主人公傅耀先，可以說是生活在城市底層的人物，但通過書與作者建立起了種特殊的關係。我反覆閱讀這

篇文章，因為我感覺這個傅就是我認識的一個書店老闆，他在作者的眼中，是成都的一個符號。人生豐於書，對一個並非「熱血的書生」而言，書依然是他生活的重要部分。作者因書與這個傅師傅有一種朋友間的情誼，不得不佩服作者的寫作天分。在我們看似平淡的生活細節中，他竟然將一些讓我們最容易忽略與遺失的細節中提煉出別樣的人生來了。從開始傅說話「有幾分鐘，不像職業的買賣人。對初次上門的主顧，這樣的一番話是很容易招致反感的」，到兩人之間的特別的友情，讓人感覺到這個城市中濃厚的文化氛圍，再到作者在傅死去後，「觸摸到的是這異國的冷夏，雲山千疊之域，洪波萬頃之外，經冬天的臘梅和過年的炮仗仍殘留在我的記憶中」，這詩樣的語言，表達了對一個人，一個城市，一種文化的迷戀。由此，這個人被作者製作成一個成都小市民樣式的標本，在思想的顯微鏡下，一個人，一個城市就這樣與作者產生了奇妙的關係。《故土蒼茫》中寫人的文章切入點都不大，均是小眾的、微觀的，但隨著閱讀的深入，我們才感覺到作者寫作的視角是讓人產生一種別有洞天的感覺，人物的結局不免讓人有些噓唏不已，傅是何其的不幸，傅又是何其的幸運，他通過作者的筆，竟然成了成都的一個符號，當大多數作家熱衷於宏大敘事時，《持梅相贈》讓我感覺到一種理想的寫作境界。

很難有一個人這樣地熱愛著一個不是故鄉的城市。在《汶川：我的關鍵詞》中，我們看到了作者與一些人物的交往，他熱情好客，與人為善，替人著想，有人文情懷。在關於成都這個驛站的閱讀中，我真切地體會到作者客居於此卻並不把自己當成外人的一種情懷。他描寫他遭遇的一些人和事，成都，可能真的成了來了就不想走的城市，難怪他定居美國還要在成都買下自己的

房子。在閱讀中，我時常會被他那些看似要散落的情節所感動。而他曾經在這個城市，隱居於這個特別大城市的中心和下面，孜孜不倦地在紙頁中為我們建造了一個特殊的城市。那樣的筆調，如此撩人又如此的悲傷。我們所閱讀到的也不是一個平面化的概念，它是日常生活的昇華。

三

美國是程寶林的又一驛站。讀他與的在有關美國的篇什，我往往會生出這樣一種想法：也許孤獨的人才會看到最美的風景。這姑且作為我對這段閱讀旅程的一個概括。

作者在寫美國的生活中，我以為《那一年的那一天》是最具代表性的，也是作者另一個階段的人生。他自我「歸零」，放棄了在成都還算比較優裕的生活，在美國又白手起家。這一篇作品的深刻之處，我以為是在描述了一個人的行旅中，提示了人的內心的孤獨，這種孤獨是我們無法排遣的，如果真的能排遣，文學也就可以結束它的使命了。文章的敘述是平靜的，它沒有刻意要寫出作者當保姆的尷尬行狀，只是很平淡的語句中蘊涵著對他透過喧囂的塵世看到的憂鬱內質，捕捉到了一個遊子的全部落寞與不甘。這或許算作是作者這部書中的打工篇章吧，但它不同於很多打工的文章之處在於它有其深刻的內涵；也許孤獨就是我們最終的宿命。正如加繆說的，我永遠是自己的囚犯，這種感覺會伴隨作者，也伴隨我們的整個人生旅程。

在《驪歌起處紫衿飄》、《最簡單的考試》、《逐客記》等文章中，作者給我們講述了他在美國的生活情況。由歇張村，到北京，到成都，再到美國，這個跨度不可謂不大。在這個世界上

最富足的國度，作者通過自己的打拼，已立足下來。他描寫美國的篇章中，我們一方面是瞭解到另一個國度的文化、異域風情，一方面也可以看到始終彌漫在文章中的無可奈何的困惑，正如作家史鐵生說的，人們豐衣足食後，為什麼還要搞文學？想必是無窮的生活給我們製造無窮的疑難，無窮的疑難給我們無窮的思考和思考的力量。

## 結語

在我看來，程寶林依然是優柔的，依然是低迷的，依然是惶惑的，依然是沒落的，他所能做的一切無非是將一種形而上的情緒盡可能地發揮。除此，面對這個紛繁蕪雜的世界，他還能選擇什麼更有把握的東西呢？他甚至悲觀地說，我們無非也就是把生命耗盡，把日子過完。這種激憤之語的背後，其實我們看到的另一個程寶林是這樣的，他是具有人文情懷的，他是積極進取的。這種矛盾鑄就了一個文學界的異類。

在我歷經這段閱讀的旅程中，我經常眺望窗外的人生，此時已春光爛漫。我也感覺到了寶林兄帶給我們的氣場，它是詩性的，從本質上講，這本散文集是詩性的，它不含雜質，獨存人間。能在這樣一個春天完整地讀完這樣一本書，感覺是何其的幸運啊！

# 寫在後面

　　我生活在一個叫「雨城」的城市——雅安，素有川西咽喉、西藏門戶之稱，是個秀雅甯安的美麗小城。川端康成有一散文名篇《我在美麗的日本》，我生活在美麗的雅安，卻不能以川端康成那舒緩、寧靜、富含禪思的筆調寫出美麗的雅安。想來，我是有負於這個城市的，一晃快在這個美麗的小城生活十年了。

　　十年間，工作之餘我也時常安靜地坐在書桌前，在鍵盤上敲打一些文字，正如有人所言，有文字陪伴的人生不會是寂寞的人生。寧靜的夜晚，一個人獨坐窗前，靜聽夜雨敲窗聲，或看書，或寫字，仿佛遠離了塵囂，卻也能感覺到自己內在的充實，感覺時光也緩慢下來了，我仿佛能觸摸到時光的流逝，但它是如此緩慢地流動著的……

　　寫字猶如照相，照片塵封已久，當我們重新翻開的時候，會驚訝於當時的生活和情景，而重讀以前的一些文字，很多生活的細節也會浮上心頭。我的生活是如此平凡，又是如此幸福，這種幸福感是稀薄的，因為它沒有大起大落的跌宕感，沒有艱辛童年的回憶，沒有創業的打拼的經歷，沒有傳奇人生的色彩。說實話，我的生活是有幾分乏味的，但因為文字，一定程度上彌補了這種枯燥與乏味。套用一句話來說，越是個人的，就越是大眾的。這本小書也許對我個人而言，是極具紀念價值的，也許文字

不僅僅是紀錄生活，也是一種體驗生活的方式，也是和自己內心對話的一種方式。用安德列紀德的話來說，「憂傷無非是低落的熱情」。

這些文字擷取了我生活中的一些片斷和思想火花，正如敲打在玻璃窗上的雨點，它們消失了，卻彷彿打在我心上，餘音嫋嫋……史鐵生的《我與地壇》是我常讀常新的作品之一，每當我心神不寧時，我總是能從史鐵生的這篇散文中得到一種寧靜和超脫。由此我也深知：任何生活都是有缺陷的，完美僅僅存在於想像中。在一次獲獎感言中，史鐵生這樣說：人們豐衣足食後，為什麼還要搞文學？想必是無窮的生活給我們製造無窮的疑難，無窮的疑難給了我們無窮的思考和思考的力量。這也許正是我在工作之餘一直還比較熱心於敲打這些文字，正如夜雨敲打著我窗，在雨聲中我沉沉睡去，憂鬱、自閉、焦慮、妄想也沉沉睡去……

北京大學的教授孔慶東說過，很多問題都是語文問題。面對這個豐富多彩的世界，有時候文字是一種很好的選擇。回望這些歲月的痕跡，文字會讓我更加熱愛工作，更加熱愛生活，更加熱愛人類，更加熱愛自然……它讓一些可能被擱置的生活也重新煥發出新的光彩，並贈我以新的思索。

本書所選內容，一部分是在報刊雜誌上已經發表，一部分是通過我個人的博客選編的。我也不再作過多的修改，姑且留此作為原始紀錄存檔吧。感謝秀威出版社的蔡登山先生、靚秋女士、千惠女士，他們為這本書付出很多心血；感謝成都的朱曉劍先生和遠在美國的程寶林先生，感謝雅安的楊興品先生、李國斌先

生，他們為這本小書的出版，給予了我很多的鼓勵與幫助。感謝
你們，真誠地。

袁久勝

2010年4月21日

語言文學類　PG0409

# 夜雨敲窗
## ——袁久勝散文集

作　　　者 / 袁久勝
主　　　編 / 蔡登山
責任編輯 / 林千惠
圖文排版 / 黃莉珊
封面設計 / 陳佩蓉

發 行 人 / 宋政坤
法律顧問 / 毛國樑　律師
印製出版 / 秀威資訊科技股份有限公司
　　　　　114台北市內湖區瑞光路76巷65號1樓
　　　　　電話：+886-2-2657-9211　傳真：+886-2-2657-9106
　　　　　http://www.showwe.com.tw
劃撥帳號 / 19563868　戶名：秀威資訊科技股份有限公司
　　　　　讀者服務信箱：service@showwe.com.tw
展售門市 / 國家書店（松江門市）
　　　　　104台北市中山區松江路209號1樓
　　　　　電話：+886-2-2518-0207　傳真：+886-2-2518-0778
網路訂購 / 秀威網路書店：http://www.bodbooks.tw
　　　　　國家網路書店：http://www.govbooks.com.tw
圖書經銷 / 紅螞蟻圖書有限公司
　　　　　114台北市內湖區舊宗路二段121巷28、32號4樓
　　　　　電話：+886-2-2795-3656　傳真：+886-2-2795-4100

2010年09月BOD一版
定價：280元

國家圖書館出版品預行編目

夜雨敲窗：袁久勝散文集 / 袁久勝著. -- 一版.
　-- 臺北市：秀威資訊科技, 2010.09
　　面 ；　公分. -- (語言文學類 ; PG0409)
　BOD版
　ISBN 978-986-221-543-2 (平裝)


855　　　　　　　　　　　　　99013886

# 讀 者 回 函 卡

感謝您購買本書，為提升服務品質，請填妥以下資料，將讀者回函卡直接寄
回或傳真本公司，收到您的寶貴意見後，我們會收藏記錄及檢討，謝謝！
如您需要了解本公司最新出版書目、購書優惠或企劃活動，歡迎您上網查詢
或下載相關資料：http:// www.showwe.com.tw

您購買的書名：＿＿＿＿＿＿＿＿＿＿＿＿＿＿＿＿＿＿＿＿＿＿＿

出生日期：＿＿＿＿＿年＿＿＿＿＿月＿＿＿＿＿日

學歷：□高中 (含) 以下　　□大專　　□研究所 (含) 以上

職業：□製造業　□金融業　□資訊業　□軍警　□傳播業　□自由業
　　　□服務業　□公務員　□教職　　□學生　□家管　□其它＿＿＿

購書地點：□網路書店　□實體書店　□書展　□郵購　□贈閱　□其他

您從何得知本書的消息？

　　□網路書店　□實體書店　□網路搜尋　□電子報　□書訊　□雜誌

　　□傳播媒體　□親友推薦　□網站推薦　□部落格　□其他＿＿＿＿＿

您對本書的評價：(請填代號　1.非常滿意　2.滿意　3.尚可　4.再改進)

　　封面設計＿＿＿　版面編排＿＿＿　內容＿＿＿　文／譯筆＿＿＿　價格＿＿＿

讀完書後您覺得：

　　□很有收穫　□有收穫　□收穫不多　□沒收穫

對我們的建議：＿＿＿＿＿＿＿＿＿＿＿＿＿＿＿＿＿＿＿＿＿＿＿

＿＿＿＿＿＿＿＿＿＿＿＿＿＿＿＿＿＿＿＿＿＿＿＿＿＿＿＿＿＿＿

＿＿＿＿＿＿＿＿＿＿＿＿＿＿＿＿＿＿＿＿＿＿＿＿＿＿＿＿＿＿＿

＿＿＿＿＿＿＿＿＿＿＿＿＿＿＿＿＿＿＿＿＿＿＿＿＿＿＿＿＿＿＿

姓　　名：＿＿＿＿＿＿＿＿　年齡：＿＿＿＿　性別：□女　□男

郵遞區號：□□□□□

地　　址：＿＿＿＿＿＿＿＿＿＿＿＿＿＿＿＿＿＿＿＿

聯絡電話：(日)＿＿＿＿＿＿＿＿＿　(夜)＿＿＿＿＿＿＿＿＿

E-mail：＿＿＿＿＿＿＿＿＿＿＿＿＿＿＿＿＿＿＿＿＿